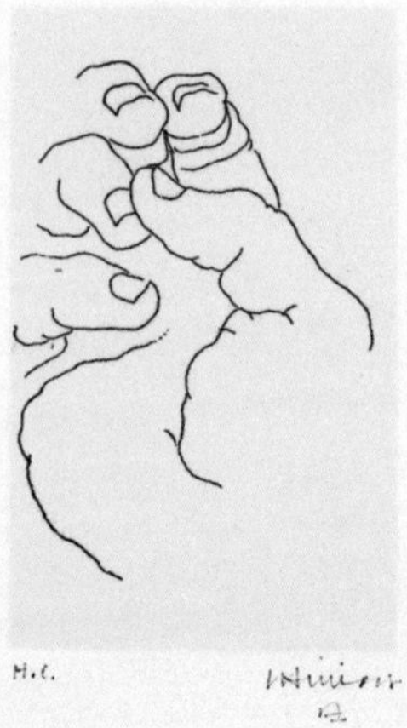

Eduardo Chillida, *Mão III*, 1971; Amsterdam, Stedelijk Museum.

# Henri Focillon

# *Elogio da mão*

Tradução, notas e posfácio
Samuel Titan Jr.

editora 34

"[...] a primeira mantendo a folha de papel no lugar, a outra multiplicando sobre a página branca estes pequenos signos apressados, sombrios e diligentes." — Paul Cézanne, *O filho do artista escrevendo*, *c.* 1885; Buenos Aires, Museo Nacional de Bellas Artes.

Empreendo este elogio da mão como quem cumpre um dever de amizade. No momento mesmo em que me ponho a escrever, vejo minhas próprias mãos que solicitam meu espírito, que o arrastam. Cá estão, companheiras incansáveis, que há tantos anos vêm cumprindo sua tarefa, a primeira mantendo a folha de papel no lugar, a outra multiplicando sobre a página branca estes pequenos signos apressados, sombrios e diligentes. Por meio delas, o homem trava contato com a dureza do pensamento. Elas lapidam o bloco. Impõem uma forma, um contorno e, no domínio mesmo da caligrafia, um estilo.

São quase seres animados. Serão servas? Talvez. Mas servas dotadas de uma índole enérgica e livre, de uma fisionomia — rostos sem olhos e sem voz, mas que veem e que falam. Há cegos que adquirem, com o tempo, tal refinamento de tato que são capazes de discernir ao mero toque, pela espessura infinitesimal da figura impressa, os naipes de um baralho. Mas mesmo quem enxerga precisa de mãos para ver, para completar, tateando e apalpando, a percepção das aparências. As mãos têm suas aptidões inscritas em sua silhueta e em seu desenho: mãos finas, dedos longos e móveis do argumentador, mãos proféticas, banhadas por fluidos, mãos espirituais, cuja mesma inação tem graça e caráter, mãos ternas. A fisiognomonia, antes praticada assiduamente pelos mestres, teria a ganhar com um capítulo suplementar sobre as mãos. A face

1 Focillon alude à disciplina do *connoisseur*, do perito na atribuição de obras de arte, e em particular às ideias de Giovanni Morelli (1816-1891), que privilegiava detalhes como a pintura de detalhes anatômicos (orelhas, unhas, pés e, é claro, mãos) para estabelecer constantes características de um autor, fosse qual fosse o tema ou a composição do quadro em questão. Por meio desse método, Morelli reclamou novas atribuições para dezenas de telas de mestres italianos, a começar pelas que estudou em *Die Werke der italienischen Meister in den Galerien von München, Dresden und Berlin* [*As obras dos mestres italianos nas galerias de Munique, Dresden e Berlim*] (Leipzig: Seemann, 1880). Em português, pode-se ler "Sinais", ensaio de Carlo Ginzburg publicado originalmente em 1979 e recolhido em *Mitos, emblemas, sinais* (São Paulo: Companhia das Letras, 1990), no qual Morelli figura entre os campeões modernos do "paradigma indiciário"; à página 171, lê-se que "Morelli propusera-se buscar, no interior de um sistema de signos culturalmente condicionado como o pictórico, os signos que tinham a involuntariedade dos sintomas (e da maior parte dos signos)" e neles "reconhecia o sinal mais certo da individualidade do artista". Mais perto de Focillon, diversos outros historiadores da arte refletiram sobre a questão da atribuição, como Bernard Berenson em seu ensaio sobre "Rudiments of Connoisseurship", incluído em *The Study and Criticism of Italian Art* (Londres: George Bell & Sons, 1902), Roberto Longhi (autor de comentários ásperos sobre o "método morelliano") ou Edgar Wind, de quem vale consultar o capítulo "Critique of Connoisseurship" de *Art and Anarchy* (Londres: Faber, 1963).

humana é, sobretudo, um composto de órgãos receptores. A mão é ação, ela cria, e, por vezes, seria o caso de dizer que pensa. Em repouso, não é uma ferramenta sem alma, largada sobre a mesa ou rente ao corpo: o hábito, o instinto e a vontade de ação meditam nela, e não é preciso um longo exercício para que se adivinhe o gesto que está a ponto de fazer.

Os grandes artistas dedicaram atenção extrema ao estudo das mãos. Pressentiram sua virtude poderosa, eles que, mais que os outros homens, vivem por obra delas. Rembrandt exibe-as em toda a diversidade das emoções, dos tipos, das idades, das condições: mão pasma de assombro de uma das testemunhas da grande *Ressurreição de Lázaro*, erguendo-se, cheia de sombra, contra a luz; mão industriosa e acadêmica do doutor Tulp, na *Aula de anatomia*, prendendo na ponta da pinça um feixe de artérias; mão de Rembrandt no ato de desenhar; mão formidável de São Mateus redigindo o Evangelho ao ditado do anjo; mãos do velho entrevado, na *Gravura de cem florins*, realçadas pelas luvas grossas e toscas que pendem de seu cinto. É bem verdade que certos mestres pintaram-nas de memória com uma constância que não se desmente jamais, útil indicador antropométrico para as classificações do crítico.[1] Mas quantas folhas de desenho não revelam a análise, o afã do único! Mesmo sozinhas, essas mãos vivem com intensidade.

Que privilégio é o seu? Por que esse órgão mudo e cego nos fala com tanta força persuasiva? Porque é um dos mais originais, um dos mais diferenciados, à maneira das formas superiores da vida. Articulado por meio de gonzos delicados, o punho se arma sobre um sem-número de ossículos. Cinco ramos ósseos, com um sistema de nervos e ligamentos, projetam-se por baixo da pele, para depois se separar de chofre e dar origem a cinco dedos separados, cada um dos quais, articulado sobre três juntas, tem atitude e espírito peculiares. Uma planície abaulada, percorrida

98 Die Galerie Borghese.

gegen jeder selbständige Maler seine eigene Art, die Landschaft und, was noch mehr sagen will, die Form

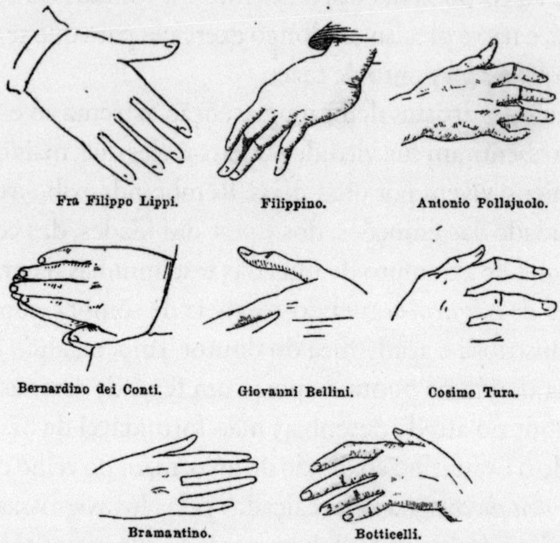


der Hand[1] und des Ohres aufzufassen und darzustellen.

[1] Ausser dem Antlitz ist wol kein anderer Körpertheil so charakteristisch, so individuell, so geistig belebt und sprechend wie gerade die Hand. Auch ist es für den Künstler eine der schwierigsten Aufgaben, dieselbe befriedigend darzustellen, und war es zu allen Zeiten nur den Heroen der Kunst vorbehalten, diese schwierige Aufgabe vollkommen zu lösen, wovon uns sowol die Werke der Maler als die der Bildhauer genügende Beweise liefern. Es mögen hier einige Beispiele charakteristischer Hände meinen verehrlichen Lesern vorgestellt werden, damit sie sich von dieser Wahrheit überzeugen.

"É bem verdade que certos mestres pintaram-nas de memória com uma constância que não se desmente jamais, útil indicador antropométrico para as classificações do crítico." — Giovanni Morelli, página de *Kunstkritische Studien über italienische Malerei* (Leipzig: Brockhaus, 1890).

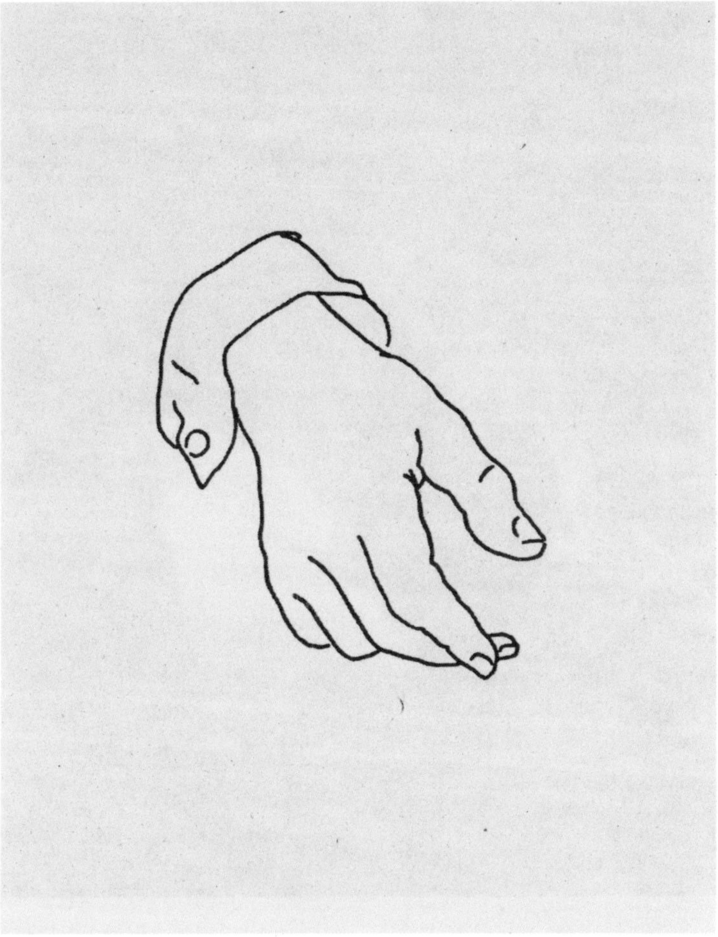

"A fisiognomonia [...] teria a ganhar com um capítulo suplementar sobre as mãos." A mesma ideia ocorreu ao artista espanhol J. Moreno Villa, exilado pela Guerra Civil no México e autor de *Doce manos mexicanas*; acima, a mão do ensaísta Julio Torri, que "se abre gentilmente, como para deixar cair os dados do acaso". — J. Moreno Villa, *Doce manos mexicanas* (Cidade do México: Loera y Chávez, 1941; reedição *ibidem*: Odradek, 2023).

"Mas mesmo quem enxerga precisa de mãos para ver, para completar, tateando e apalpando, a percepção das aparências." Ao figurar a profetisa Ana (Lucas 2:36-38), o pintor quis dar feição manual a sua vidência. — Rembrandt van Rijn, *Anciã lendo*, 1631, provavelmente a mãe do artista representada (conforme queria o título tradicional) como a profetisa Ana; Amsterdam, Rijksmuseum.

por veias e artérias, arredondada nas bordas, une o punho aos dedos, ao mesmo tempo que lhes encobre a estrutura oculta. O verso é um receptáculo. Na vida ativa da mão, ela é suscetível de se distender e endurecer, assim como é capaz de se moldar ao objeto. Esse trabalho deixou marcas no oco da mão, e pode-se ler aí, se não os símbolos lineares das coisas passadas e futuras, ao menos o traço e como que as memórias de nossa vida de resto já apagada — e quem sabe, até, alguma herança mais antiga. De perto, trata-se de uma paisagem singular, com seus montes, sua grande depressão central, seus estreitos vales fluviais, ora fissurados por acidentes, cadeias e tramas, ora puros e finos como uma escritura. Toda figura permite o devaneio. Não sei se o homem que interroga essa mão chegará a decifrar algum enigma, mas me parece bom que contemple com respeito essa sua serva orgulhosa.

Observe-se a vida livre das mãos, desobrigadas de função, sem o fardo de um mistério — seja em repouso, com os dedos ligeiramente arqueados, como se elas se abandonassem a algum sonho, seja na elegante vivacidade dos gestos puros, dos gestos inúteis: parece então que desenham no ar, gratuitamente, a multiplicidade dos possíveis e que, brincando consigo mesmas, preparam-se para sua próxima intervenção eficaz. Capazes de imitar, por meio da sombra projetada contra uma parede pela luz de uma vela, a silhueta e o comportamento dos animais, são muito mais belas quando não imitam nada. Por vezes, enquanto o espírito trabalha e as deixa em liberdade, elas se mexem sem força. De um ímpeto, agitam o ar, ou então alongam os tendões e fazem estalar as juntas, quando não se apertam estreitamente para formar um bloco compacto, um verdadeiro rochedo de ossos. E acontece ainda que, subindo e descendo um atrás do outro, com uma agilidade de dançarinos, segundo cadências inventadas, os dedos façam nascer ramalhetes de figuras.

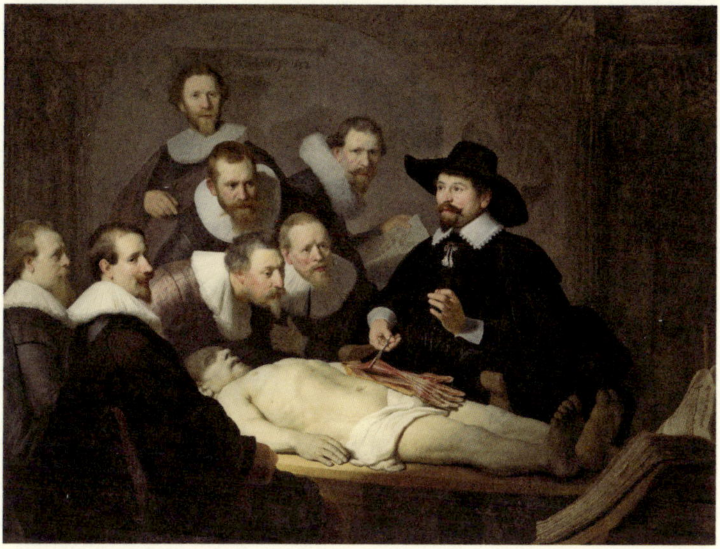

"[...] mãos do velho entrevado, na *Gravura de cem florins*, realçadas pelas luvas grossas e toscas que pendem de seu cinto." — Rembrandt van Rijn, *A gravura de cem florins*, 1648, título tradicional da obra que figura diversas passagens de Mateus 19; Amsterdam, Rijksmuseum [página ao lado].

"[...] mão industriosa e acadêmica do doutor Tulp." — Rembrandt van Rijn, *A aula de anatomia do doutor Nicolaes Tulp*, 1632; Haia, Mauritshuis.

2 Nesta observação vai uma referência mais que provável a um ensaio já então célebre de Robert Hertz, "La Prééminence de la main droite. Étude sur la polarité religieuse", publicado originalmente na *Revue philosophique de la France et de l'étranger*, LXVIII, 1909. Sociólogo e antropólogo nascido em 1881, Hertz morreu em combate em abril de 1915, nos primeiros meses da Primeira Guerra Mundial; sua perda foi lamentada por dois de seus mestres, Émile Durkheim e Marcel Mauss — este último cuidaria da edição póstuma de alguns de seus escritos.

3 O leitor brasileiro perdoará o termo deixado em francês na tradução, recordando o célebre verso de Drummond no "Poema de sete faces", de *Alguma poesia* (1930).

4 A mesma imagem surge no título de um artigo de divulgação, "Libération de la main" (na revista *Problèmes*, XXXII, fevereiro de 1956), em que o arqueólogo André Leroi-Gourhan expunha a ordem de ideias que começara a tomar forma em seu livro *L'Homme et la matière* (Paris: Albin Michel, 1943) e que o levaria ao díptico *Le Geste et la parole*, publicado pela mesma editora em 1964-1965. — Na sequência imediata do parágrafo, Focillon cita livremente um poema em prosa de Maurice de Guérin, "Le Centaure" (1840).

Não são um par de gêmeas passivamente idênticas. Não se distinguem uma da outra à maneira da caçula e da primogênita ou como duas moças de dotes desiguais, uma afeita a todas as destrezas, a outra, serva embotada na monotonia prática dos trabalhos grosseiros. Não faço fé, em absoluto, na eminente dignidade da direita. Quando a esquerda lhe falta, ela recai numa solidão difícil e quase estéril. A esquerda, essa mão que designa injustamente o lado errado da vida, a porção sinistra do espaço — onde mais vale não dar de encontro com um morto, um inimigo ou um pássaro —, é capaz de se adestrar a ponto de cumprir todos os deveres da outra.[2] Construída da mesma maneira, tem as mesmas aptidões, às quais renuncia para auxiliá-la. Por acaso segura com menos vigor o tronco da árvore, o cabo do machado? Estreita com menos força o corpo do adversário? Tem menos peso quando golpeia? Ao violino, não produz as notas, atacando diretamente as cordas, enquanto a direita, por intermédio do arco, não faz mais que propagar a melodia? É sorte que não tenhamos duas mãos direitas. Como se repartiria então a diversidade das tarefas? O que há de *gauche* na mão esquerda é certamente necessário a uma civilização superior;[3] ela nos vincula ao passado venerável do homem, quando este não era tão hábil, quando ainda estava longe de poder fazer, como quer o dito popular, "o que bem entender com os dez dedos". Não fosse assim e naufragaríamos por um terrível excesso de virtuosismo. Teríamos levado ao limite extremo a arte dos malabaristas — e provavelmente nada mais.

Tal como foi constituído, esse par não apenas serviu aos desígnios do ser humano como ainda auxiliou seu nascimento, conferiu-lhe precisão, deu-lhe forma e figura. O homem fez a mão, isto é, destacou-a pouco a pouco do mundo animal, libertou-a de uma antiga e natural servidão, mas também a mão fez o homem.[4] Ela permitiu certos contatos com o universo que os outros

Piero del Pollaiuolo, *Apolo e Dafne*, *circa* 1470-1480; Londres, National Gallery.

órgãos e partes do corpo não lhe facultavam. Erguida contra o vento, desabrochando e articulando-se como uma ramaria, incitava-o à captura dos fluidos. Multiplicava as superfícies delicadamente sensíveis ao conhecimento do ar, ao conhecimento das águas. Mestre em que subsiste, com muita graça, sob uma camada muito tênue de humanismo, um sentido um tanto turvo e selvagem dos mistérios da fábula, Pollaiuolo pintou uma bela Dafne arrebatada pelo gênio das metamorfoses no exato instante em que Apolo está a ponto de alcançá-la: os braços tornam-se galhos, as extremidades são ramagens movidas pelo vento. Quase vejo o homem antigo respirando o mundo pelas mãos, esticando os dedos para transformá-los numa rede capaz de capturar o imponderável. "Minhas mãos", diz o Centauro, "tatearam os rochedos, as águas, as plantas inumeráveis e as mais sutis impressões do ar, pois eu as ergo, nas noites cegas e calmas, para que surpreendam a brisa e colham augúrios do meu caminho...". Protegidos dos deuses, Dafne e o Centauro não tinham, em sua metamorfose como em sua estabilidade, outras armas que não as de nossa raça para "tatear", para ter uma experiência do universo, dessas correntes translúcidas que não têm peso e que o olho não vê.

Mas tudo que se faz sentir com peso insensível ou com o cálido batimento da vida, tudo que tem casca, roupagem, pelagem, e mesmo a pedra, seja ela talhada, arredondada pelo curso das águas ou de grão intacto — tudo isso é presa para a mão, é objeto de uma experiência que a visão ou o espírito não podem conduzir por si sós. A posse do mundo exige uma espécie de faro tátil. A visão desliza pelo universo. A mão sabe que o objeto é habitado pelo peso, que é liso ou rugoso, que não está soldado ao fundo de céu ou de terra com o qual parece formar um só corpo. A ação da mão define o oco do espaço e o pleno das coisas que o ocupam. Superfície, volume, densidade e peso

5 A abadia românica de Saint-Savin-sur-Gartempe, não muito distante de Poitiers, fora objeto da atenção de Focillon pouco antes da publicação do *Elogio da mão* — entre outras razões, por seu papel como orientador da tese de doutorado de Itsuji Yoshikawa, publicada sob o título de *L'Apocalipse de Saint-Savin* (Paris: Les Éditions d'Art et d'Histoire, 1939). Em seu livro sobre *Peintures romanes des églises de France* (Paris: Hartmann, 1938), Focillon não economiza superlativos: "eis aqui uma das maravilhas da antiga França", "o conjunto de pinturas murais mais notável não apenas da França, mas de todo o Ocidente no século XII", "essa [capela] Sistina românica" e assim por diante. No livro de 1938, porém, ao comentar a cena de José vendido aos mercadores, Focillon interessava-se menos pelas mãos, antes pelo jogo das pernas e pés dos personagens: "Vendido aos mercadores ismaelitas, José é arrastado por um deles, que, do alto do cavalo em que está sentado não como um soldado, mas como um camponês que volta de uma jornada na lavoura, segura-o pelo braço, enquanto José ainda volta a cabeça na direção de seus perseguidores. José tem as pernas cruzadas e pés voltados para dentro, como muitas outras figuras na nave da igreja, mas a observação que fizemos mais acima vale aqui com particular justeza: mesmo já em marcha, Abraão mantém o torso voltado para Ló, e seus pés traduzem esse duplo movimento. O mesmo se dá com José que, a um só tempo, vai atrás do mercador a cavalo e quer se juntar a seus irmãos. [...] De resto, aqui como em outras das pinturas, sempre que há personagens com trajes mais curtos, a difícil composição das pernas é notável pela diversidade calculada das atitudes. Não menos que o contraponto das cabeças, elas animam a cena, elas criam massa" (as citações são tiradas das páginas 25, 26, 35 e 65-66 de uma edição posterior: Paris: Flammarion/Arts et Métiers Graphiques, 1967). Vale ainda recordar que os afrescos de Saint-Savin gozavam de certa notoriedade à época em que Focillon escrevia: a partir de 1937, Paul Deschamps, primeiro diretor do então Musée des Monuments Français, empreendeu a realização de fotografias e cópias em escala 1:1 das pinturas de Saint-Savin; realizadas entre 1940 e 1943, durante a Ocupação, essas pinturas ainda hoje podem ser vistas na atual Cité de l'Architecture et du Patrimoine, em Paris.

não são fenômenos ópticos. Foi entre os dedos, no oco da palma das mãos, que o homem primeiro os conheceu. O espaço, ele o mede não com o olhar, mas com a mão e com o passo. O tato preenche a natureza de forças misteriosas. Sem ele, a natureza seria semelhante às deliciosas paisagens da câmara escura — diáfanas, planas e quiméricas.

Assim, os gestos multiplicavam o saber, com uma variedade de toques e de desenhos cuja potência inventiva se oculta sob o hábito milenar. Sem a mão, nada de geometria, pois é preciso lançar mão de varas e aros para se especular sobre as propriedades da extensão. Antes de reconhecer pirâmides, cones e espirais em conchas e cristais, não foi primeiro necessário que o homem "jogasse" com as formas regulares, no ar ou na areia? A mão punha diante dos olhos a evidência de um número móvel, maior ou menor conforme os dedos se dobrassem ou se esticassem. Por muito tempo, a arte de contar não teve outra fórmula, e foi assim que os ismaelitas venderam José aos servidores do Faraó, como mostra o afresco românico da igreja de Saint-Savin, em que a eloquência das mãos é extraordinária.[5] E foi por meio delas que se moldou a própria linguagem, inicialmente vivida pelo corpo inteiro e mimetizada nas danças. Para os usos correntes da vida, os gestos da mão emprestaram ímpeto à linguagem, ajudaram a articulá-la, a distinguir seus elementos, a isolá-los de um vasto sincretismo simbólico, a ritmá-la e mesmo a colori-la de inflexões sutis. Dessa mímica da fala, dessas trocas entre a voz e as mãos, resta alguma coisa naquilo que os antigos chamavam ação oratória. A diferenciação fisiológica especializou os órgãos e as funções. Uns quase não colaboram mais com os outros. Falando com a boca, nós calamos as mãos, e há lugares em que é de mau gosto exprimir-se ao mesmo tempo com a voz e com o gesto; outros, ao contrário, conservaram com vivacidade essa

"A eloquência das mãos é extraordinária" nos afrescos da igreja de Saint--Savin, "essa Sistina românica". — Anônimo, episódio da venda de José por seus irmãos (Gênesis 37:28), século XII; abadia de Saint-Savin-sur-Gartempe (Vienne), reprodução a partir da réplica (1940-1943) pertencente à Cité de l'Architecture et du Patrimoine, em Paris.

6 O autor alude ao momento da cena na primeira parte do *Fausto* de Goethe (I, 1224-1237) em que o herói abre o Evangelho segundo São João e se põe a traduzir sua célebre fórmula inicial, "No princípio era o Verbo". Depois de, na esteira de Lutero, verter *Lógos* (ou *Verbum*, como quer a Vulgata) por *Wort* (palavra, verbo), Fausto experimenta com *Sinn* (sentido) e *Kraft* (força, potência, energia), antes de se decidir por *Tat* (ato, ação). A decisão por esta última palavra (e o primado da ação que assim se afirma para Fausto) servirá logo mais de deixa para a primeira entrada em cena de Mefistófeles. Na tradução de Jenny Klabin Segall: "Escrito está: 'Era no início o Verbo!' / Começo apenas, e já me exacerbo! / Como hei de ao verbo dar tão alto apreço? / De outra interpretação careço; / Se o espírito me deixa esclarecido, / Escrito está: no Início era o Sentido! / Pesa a linha inicial com calma plena, / Não se apressure a tua pena! / É o sentido, então, que tudo opera e cria? / Deverá opor! No início era a Energia! / Mas, já, enquanto assim o retifico, / Diz-me algo que tampouco nisso fico. / Do espírito me vale a direção, / E escrevo em paz: Era no início a Ação!".

dupla poética: mesmo quando o efeito é um tanto vulgar, ela traduz com exatidão um estado antigo do homem, a recordação de seus esforços por inventar um modo inédito. Não é o caso de escolher entre as duas fórmulas que fizeram Fausto hesitar: no começo era o Verbo, no começo era a Ação, uma vez que a Ação e o Verbo, as mãos e a voz, estão unidas desde o princípio.[6]

Mas é a criação de um universo concreto, distinto da natureza, que constitui o dom mais nobre da espécie humana. O animal sem mãos, mesmo nos pontos altos da evolução, não cria mais que uma indústria monótona e permanece no umbral da arte. Não foi capaz de constituir nem seu mundo mágico, nem seu mundo inútil. Podia mimetizar uma religião por meio da dança amorosa ou mesmo esboçar certos ritos funerários: continuava, porém, incapaz de "encantar" mediante imagens ou de dar à luz formas desinteressadas. E quanto ao pássaro? Seu canto mais delicioso não é mais que um arabesco sobre o qual compomos nossa própria sinfonia interior, à maneira do que fazemos com o murmúrio das ondas ou dos ventos. Talvez um sonho confuso de beleza se agite no animal soberbamente ornamentado, talvez ele participe obscuramente das pompas de que é revestido; talvez mesmo certos acordes que não discernimos e que não têm nome definam uma harmonia superior no campo magnético dos instintos. Tais ondas escapam a nossos sentidos, mas nada nos proíbe de pensar que suas correspondências ressoam com brilho e profundidade no inseto e no pássaro. Essa música está sepultada no indizível. E as histórias mais surpreendentes a propósito de castores, formigas e abelhas mostram-nos o limite das culturas que têm por agentes apenas as patas, as antenas e as mandíbulas. Tomando em mãos alguns dejetos deste mundo, o homem pôde inventar outro mundo, que é todo seu.

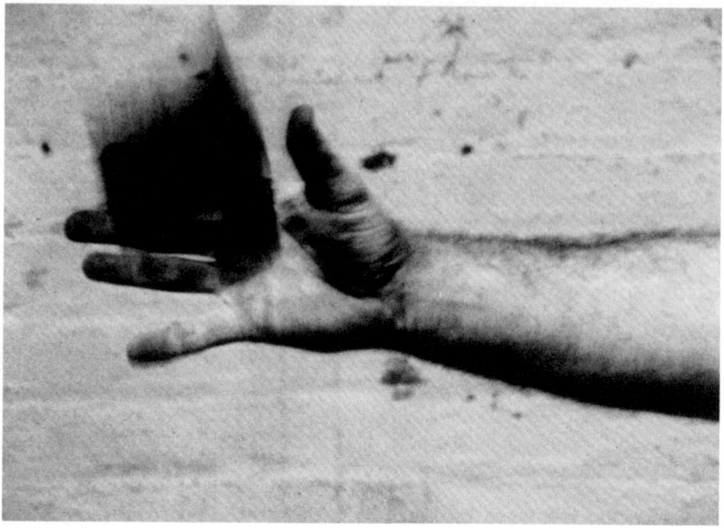

"A arte se faz com as mãos. [...] Pois o artista recomeça todas as experiências primitivas [...] Nós nos contentamos com uma aquisição milenar, com um conhecimento automático e quiçá desgastado, embutido em nós. Ele o reconduz ao ar livre, renova-o, parte do princípio." — Richard Serra, *frame* do filme *Mão agarrando chumbo*, 1968.

Tão logo tenta intervir na ordem a que está submetida, tão logo começa a introduzir na natureza compacta uma ponta, uma lâmina que a divide e que lhe dá uma forma, a indústria primitiva traz em si todo seu desenvolvimento futuro. O habitante do abrigo sob a rocha que talha o sílex e que fabrica agulhas de osso me causa mais espanto que o cientista construtor de máquinas. Ele deixa de ser movido por forças desconhecidas para agir por forças próprias. Antes, mesmo no interior da caverna mais profunda, vivia na superfície das coisas; mesmo quando rompia as vértebras de um animal ou os galhos de uma árvore, ele não penetrava, não tinha acesso. A ferramenta, em si, não é menos notável que o uso a que se destina, é ao mesmo tempo valor e resultado. Ei-la separada do resto do universo, inédita. Se a borda de uma concha fina possui um gume tão cortante quanto o da faca de pedra, o fato é que esta não foi recolhida ao acaso em alguma praia, pode-se dizer que é obra de um deus novo, obra e prolongamento de suas mãos. Entre a mão e a ferramenta começa uma amizade que não terá fim. Uma comunica à outra seu calor vivo e a molda perpetuamente. Nova, a ferramenta não é nunca um "fato", é preciso que se estabeleça entre ela e os dedos que a seguram aquela harmonia que nasce de uma posse progressiva, de gestos suaves e combinados, de hábitos compartilhados e mesmo de certo desgaste. Então, o instrumento inerte torna-se algo vivo. Nenhum material se presta tão bem a isso quanto a madeira, que outrora viveu na floresta e que, mutilada, tratada de modo a se prestar às artes do homem, conserva sob outra forma sua leveza e sua flexibilidade primitivas. E pode-se dizer que a dureza da pedra e do ferro, tocada, manipulada longamente, acaba por se esquentar e se dobrar. Corrige-se assim a lei serial que tende ao idêntico e que se exerce sobre as ferramentas desde as épocas mais an-

"E é uma formidável manzorra que Rodin, a fim de figurar a obra dos seis dias, faz manar de um bloco em que dormitam as forças do caos." — Auguste Rodin, *A mão de Deus* ou *A criação*, *circa* 1907, em fotografia sem data de François-Antoine Vizzavona; Charenton-le-Pont, Médiathèque du Patrimoine et de la Photographie.

tigas, quando a constância dos tipos de fabricação facilitava a amplitude das trocas. O contato e o uso humanizaram o objeto insensível e, em maior ou menor medida, destacaram o único da série. Quem nunca viveu entre os "homens da mão" ignora o poder dessas relações ocultas, os resultados positivos dessa camaradagem em que entram a amizade, a estima, a comunidade cotidiana do trabalho, o instinto e o orgulho da posse — e, por fim, nos estratos mais elevados, o gosto por experimentar. Ignoro se há ruptura entre a ordem manual e a ordem mecânica, não tenho certeza a respeito, mas, na extremidade do braço, a ferramenta não contradiz o homem, não é um gancho de ferro aparafusado a uma haste; entre o braço e a ferramenta está o deus quíntuplo que percorre a escala de todas as grandezas, a mão do pedreiro das catedrais, a mão do pintor de iluminuras.

Se, por um lado, o artista representa o tipo humano mais evoluído, por outro ele dá continuidade ao homem pré-histórico. O mundo lhe parece fresco e novo, ele o examina, desfruta-o com sentidos mais aguçados que os do civilizado, conservou o sentimento mágico do desconhecido, mas sobretudo a poética e a técnica da mão. Seja qual for a faculdade receptiva e inventiva do espírito, ela não é, sem o concurso da mão, mais que um tumulto interior. O homem que sonha pode acolher visões de paisagens extraordinárias, de rostos perfeitamente belos, mas não haveria como fixar essas visões sem suporte nem substância, e só a custo a memória as registra, como lembrança de uma lembrança. O que distingue o sonho da realidade é que o homem que sonha não tem como engendrar uma arte: suas mãos dormitam. A arte se faz com as mãos. São elas o instrumento da criação, mas também o órgão do conhecimento. Para todos os homens, conforme demonstrei; mais ainda para o artista, e por caminhos singulares. Pois o artista recomeça todas as experiências primitivas: à maneira

7 A noção de valor tátil, central na obra de Bernard Berenson, comparece já nos primeiros parágrafos sobre Giotto em *The Florentine Painters of the Renaissance* (Nova York: G. P. Putnam's Sons, 1896), às páginas 4 e 5: a pintura "é uma arte que visa criar uma impressão persistente de realidade artística por meio de duas dimensões apenas. O pintor deve, portanto, fazer conscientemente o que todos nós fazemos inconscientemente — construir a terceira dimensão. E ele só pode fazê-lo assim como nós mesmos o fazemos, conferindo valores táteis a impressões retinais. Sua primeira tarefa, portanto, consiste em suscitar o sentido tátil, pois eu devo ter a ilusão de poder tocar uma figura, eu devo ter a ilusão de diversas sensações musculares na palma e nos dedos da minha mão que correspondam às diversas projeções da figura, para que então possa tomar esta última por real e me deixar afetar por ela".

8 Filhos de Antíope e Zeus, os irmãos Zeto e Anfião são os fundadores míticos da cidade de Tebas, responsáveis pela edificação de suas muralhas e torres — com pedras que Zeto transportava penosamente, ao passo que Anfião as movia ao som de sua cítara ou lira prodigiosa. O mito é referido em diversas obras da Antiguidade grega, da *Ilíada* homérica (XI, 260-264) à *Biblioteca* de Apolodoro e às *Argonáuticas* de Apolônio de Rodes, passando pelas *Fenícias* de Eurípedes, entre muitas outras. O mesmo vale para o âmbito latino: Ovídio relata os infortúnios de Anfião (feito rei de Tebas) e sua esposa Níobe no sexto livro das *Metamorfoses*, enquanto Horácio, em três versos da *Epístola aos Pisões* (*Arte Poética*, 394-396), reitera que Anfião era capaz de *movere* e *ducere* as pedras ao som de sua música. Vale registrar que, mais perto de Focillon, o mito fora revisitado pelo poeta Paul Valéry e pelo compositor Arthur Honegger no drama lírico *Amphion*, que estreou na Ópera de Paris em 1931. E o leitor brasileiro recordará a "Fábula de Anfion", poema incluído por João Cabral de Melo Neto em seu quarto livro, *Psicologia da composição com a Fábula de Anfion e Antiode*, publicado originalmente em Barcelona em 1947: nele, a lira se faz flauta, e flauta que seca ao "sol do deserto" até que o "acaso" venha fazê-la soar novamente. Focillon talvez tivesse sorrido diante desse *acaso*, desse "raro animal" responsável, no poema de Cabral, pela construção das muralhas tebanas.

do Centauro, tateia as fontes e os ventos. Enquanto nós sentimos esse contato passivamente, ele o busca e o põe à prova. Nós nos contentamos com uma aquisição milenar, com um conhecimento automático e quiçá desgastado, embutido em nós. Ele o reconduz ao ar livre, renova-o, parte do princípio. Não acontece o mesmo com a criança? Mais ou menos. Mas o homem feito interrompe essas experiências e, uma vez que está "feito", deixa de se fazer. O artista prolonga os privilégios da curiosidade infantil muito além dos limites daquela idade. Ele toca, apalpa, estima o peso, mede o espaço, molda a fluidez do ar para nele prefigurar a forma, acaricia a casca de todas as coisas e é a partir da linguagem do tato que compõe a linguagem da visão — um tom quente, um tom frio, um tom pesado, um tom vazio, uma linha dura, uma linha mole. Mas o vocabulário falado é menos rico que as impressões da mão, e é preciso mais que uma linguagem para que se traduzam seu número, sua diversidade e sua plenitude. Devemos estender a noção de valor tátil, tal como formulada por Bernard Berenson: o valor tátil não se limita a proporcionar, num quadro, a ilusão do relevo e do volume, ele nos convida a tensionar nossas forças musculares para imitar, com um movimento interior, o movimento pintado, com tudo o que este sugere de substância, de peso e de ímpeto.[7] A mão está na origem mesma de toda criação. Adão foi moldado no limo, como uma estátua. Na iconografia românica, Deus não sopra sobre o globo do mundo para lançá-lo no éter, Ele o põe no lugar com um gesto da mão. E é uma formidável manzorra que Rodin, a fim de figurar a obra dos seis dias, faz manar de um bloco em que dormitam as forças do caos. Que significa a lenda de Anfião, que fazia as pedras se moverem ao som de sua lira, a tal ponto que se abalavam por conta própria para ir construir as muralhas de Tebas?[8] Certamente, nada mais que a leveza de um trabalho bem cadenciado pela música,

Anfião ergue as muralhas de Tebas “com graça e com força”. — Gerard Edelinck, *Suaviter et fortiter*, 1683; Amsterdam, Rijksmuseum.

mas realizado por homens que se serviam de suas mãos, como os remadores das galeras, cuja batida era sustentada e escandida por uma ária de flauta. Conhecemos mesmo o nome de quem se encarregava da tarefa: Zeto, irmão do tocador de lira. Não se fala de Zeto. Quem sabe há de chegar o dia em que baste uma frase melódica para que nasçam flores e paisagens. Mas, suspensas no vazio do espaço como sobre uma tela de sonho, terão elas mais consistência que as imagens dos sonhos? Oriundo da terra dos entalhadores de mármore e dos fundidores de bronze, o mito de Anfião me desconcertaria se eu não recordasse que Tebas jamais brilhou no domínio da grande estatuária. Talvez esse seja um mito de compensação, um consolo inventado por um músico. Mas nós, lenhadores, modeladores, pedreiros, pintores da figura do homem e da figura da terra, seguimos sendo amigos do nobre peso: e quem luta com ele em chave de emulação não é a voz, não é o canto, é a mão.

De resto, ela não é a computadora dos números, número ela mesma, órgão das contas e senhora das cadências? Sobretudo, ela toca o universo, sente-o, apodera-se dele, transforma-o. Agencia espantosas aventuras da matéria. Não lhe basta recolher o que existe, é preciso que trabalhe no que ainda não há e que acrescente aos reinos da natureza um novo reino. Por muito tempo, a mão se contentou em fincar troncos de árvores sem polimento, com todo seu traje de casca, a fim de sustentar os tetos das casas e dos templos; por muito tempo, carregou ou empilhou pedras brutas para celebrar os mortos e honrar os deuses. Servindo-se das seivas vegetais para realçar a monotonia do objeto, respeitava ainda os dons da terra. Mas a partir do dia em que despiu a árvore de seu manto nodoso para exibir-lhe a carne, tratando a superfície até torná-la lisa e perfeita, a mão inventou uma epiderme, suave à visão, suave ao toque, e os

"Na iconografia românica, Deus não sopra sobre o globo do mundo para lançá-lo no éter. Ele o põe no lugar com um gesto da mão." — Anônimo do século XII, *manus Dei* ou "mão de Deus"; originalmente na igreja de Sant Climent de Taüll, atualmente em Barcelona, Museu Nacional d'Art de Catalunya.

veios da madeira, destinados a seguir ocultos em profundidade, ofereceram suas combinações misteriosas à luz. Enterradas no caos das montanhas, as massas amorfas do mármore, uma vez talhadas em blocos, em placas, em simulacros de homens, pareceram mudar de essência e de substância, como se a forma que recebiam penetrasse até o fundo de sua vida cega, até suas partículas elementares. O mesmo aconteceu aos minerais, extraídos de sua ganga, associados uns aos outros, amalgamados, fundidos, para assim introduzir compostos inéditos na série dos metais. O mesmo aconteceu à argila, endurecida ao fogo, brilhando de esmalte, e com a areia, pó fluido e obscuro, do qual a chama extrai um ar sólido. A arte começa pela transmutação e continua pela metamorfose. A arte não é o vocabulário do homem falando ao Senhor, mas a renovação perpétua da Criação. É invenção de matérias, ao mesmo tempo que é invenção de formas. A arte constrói para si uma física e uma mineralogia. Mete as mãos nas entranhas das coisas para lhes dar a figura que lhe aprouver. É antes de tudo artesã e alquimista. Labuta vestindo avental de couro, como o ferreiro. Tem a palma das mãos enegrecida e arranhada, à força de se medir com o que pesa e queima. Essas mãos poderosas, elas precedem o homem nas violências e nas astúcias do espírito.

O artista que corta a madeira, martela o metal, molda a argila, talha o bloco de pedra traz até nós um passado do homem, um homem antigo, sem o qual não estaríamos aqui. Não é admirável vê-lo em pé, entre nós, em plena era mecânica, esse sobrevivente obstinado da era das mãos? Os séculos passaram por ele sem alterar sua vida profunda, sem fazê-lo renunciar a seus modos antigos de descobrir o mundo e de inventá-lo. Para ele, a natureza ainda é um receptáculo de maravilhas e de segredos. É ainda com as mãos nuas, frágeis armas, que ele tenta furtá-los, para fazê-los

"[...] a mão direita se livra de toda a destreza, aprende com a mão esquerda aquela inocência que jamais se adianta à forma: menos desenvolta que a outra, menos hábil em virtuosismos automáticos, caminha com lentidão e respeito pelo contorno das coisas." — Paul Gauguin, *A sesta*, 1892-1894; Nova York, Metropolitan Museum of Art.

entrar em seu próprio jogo. Assim recomeça, perpetuamente, um formidável outrora, assim se refaz, sem se repetir, a descoberta do fogo, do machado, da roda, do torno de olaria. Num ateliê de artista estão inscritas por toda parte as tentativas, as experiências, os presságios da mão, as memórias seculares de uma raça humana que não esqueceu o privilégio de manipular.

Desses seres antigos que surgem entre nós, vestidos como nós, falando a mesma língua, Gauguin não será talvez exemplar? Quando lemos a biografia desse que, em outros tempos, chamei de burguês peruano, vemos inicialmente um financista ousado e esperto, pontual e feliz, envolto pela esposa dinamarquesa nos refolhos de uma existência rechonchuda e contemplando os quadros alheios com mais deleite que inquietação. Insensivelmente, e talvez em virtude de uma dessas mutações que emanam das profundezas e rompem a superfície do tempo, ele se toma de desgosto pela abstração do dinheiro e do número; já não lhe basta desenhar, por meio apenas das faculdades do espírito, os meandros do risco, especular sobre as curvas da Bolsa, jogar com o vazio dos números. Precisa pintar, pois a pintura é um dos meios de retomar essa antiguidade eterna, ao mesmo tempo remota e urgente, que o habita e que o evita. E não apenas a pintura, senão toda obra das mãos — cerâmica, escultura, estamparia —, como se Gauguin tivesse pressa de promover uma revanche contra seu longo ócio civilizado. É pelas mãos que seu destino o arrasta a lugares selvagens, onde ainda residem as camadas imóveis dos séculos — a Bretanha, a Oceania. Nesses lugares, não se contentou com pintar a imagem do homem e da mulher, dos vegetais, dos quatro elementos. Fez para si uma roupa, como o homem selvagem que gosta de decorar seu corpo nobre e nele carregar as maravilhas de sua arte; e quando chegou às ilhas, procurando sem descanso a mais

9 A referência ao "burguês peruano" explica-se pela ascendência materna de Gauguin: o artista nasceu na França mas passou alguns anos da primeira infância no Peru. Poucos anos antes do Elogio, Focillon dedicara um ensaio ao pintor, "La Gloire de Paul Gauguin", publicado no catálogo da exposição *La Vie ardente de Paul Gauguin*, realizada na galeria Beaux-Arts, Paris, 1936; o ensaio foi recolhido, depois da Segunda Guerra Mundial, no volume *De Callot à Lautrec* (Paris: Bibliothèque des Arts, 1957). As linhas centrais do argumento são as mesmas, como se lê às páginas 137-139 dessa edição: "Não sabemos tudo a respeito dessas mutações que ressuscitam bruscamente o homem secular no homem moderno, ignoramos o mecanismo dessa memória surda que, na alma de um investidor da Bolsa de Paris, por volta de 1880, despertou a existência despótica de um mundo recuado, de uma vida fora do tempo. Mas pensamos que seria um erro fazer disso o último termo da evasão romântica. A glória de Gauguin não consiste em haver acrescentado um capítulo à história das curiosidades bárbaras ou um par de objetos inéditos à coleção de suvenires dos navegadores. Deixemos de considerá-lo como herói de uma viagem de cruzeiro pobre, como um pitoresco personagem anedótico do grande Robert Louis Stevenson. Gauguin está nos antípodas do pitoresco e do romanesco", pois já na Bretanha ele começara a "devolver ordem, peso e poderoso valor figurativo ao universo desfeito e coruscante do Impressionismo", e sua pintura se faz por obra de "gestos que têm a beleza das coisas necessárias".

remota, a mais primeva, talhou ídolos nos troncos das árvores, não como copista de uma pacotilha etnográfica, mas com mão autêntica, que reencontrava segredos perdidos. Construiu uma casa toda esculpida, repleta de deuses. As matérias de que se servia, a madeira de piroga e mesmo a tela grosseira e cheia de nós sobre a qual pintava como se usasse seivas de plantas e terras de tons ricos e surdos, tudo o restituía ao passado, mergulhava-o nas sombras douradas de um tempo que não morre. Esse homem de sentidos sutis combate essa mesma sutileza para restituir às artes o teor intenso que se dissolveu nos tons refinados, e, nesse mesmo movimento, a mão direita se livra de toda a destreza, aprende com a mão esquerda aquela inocência que jamais se adianta à forma: menos desenvolta que a outra, menos hábil em virtuosismos automáticos, caminha com lentidão e respeito pelo contorno das coisas. Então emerge, com um encanto religioso, em que sensualidade e espiritualidade se confundem, o último canto do homem primitivo.[9]

Mas nem todos são assim. Nem todos se postam em uma praia empunhando uma ferramenta de pedra ou uma divindade de madeira dura. Gauguin está situado ao mesmo tempo no começo do mundo e no termo de uma civilização. Os outros permanecem entre nós, mesmo quando uma nobre exigência torna-os selvagens e os aprisiona, como aconteceu a Degas, numa solidão parisiense. Mas, quer se apartem, quer sejam ávidos do convívio dos homens, tanto os jansenistas como os voluptuosos são, em primeiro lugar, seres dotados de mãos, circunstância que sempre causará assombro aos espíritos puros. Os acordes mais delicados, que despertam o que há de mais secreto nas engrenagens da imaginação e da sensibilidade, é por obra das mãos trabalhando a matéria que eles tomam forma, inscrevem-se no espaço e se apoderam de nós. Essa marca segue sendo profunda

10 A frase de J. A. McNeill Whistler ("*A picture is finished when all trace of the means used to bring about the end has disappeared*") encontra-se na seção "Propositions — No. 2" de seu livro *The Gentle Art of Making Enemies* (Londres: Heinemann, 1890).

11 Não pudemos encontrar a fonte da *boutade* de Moreau...

mesmo quando o trabalho, no dizer de Whistler, apaga os traços do trabalho e conduz a obra a regiões solenes, retirando o que pudesse haver de acidental ou febril na evidência de um labor.[10] "Mostrem-me um centímetro quadrado de qualquer quadro", dizia Gustave Moreau, "e saberei se é obra de um pintor de verdade."[11] Mesmo a execução mais serena e mais coerente ainda revela o toque, o contato decisivo entre o homem e o objeto, o gesto de tomar posse de um mundo que temos a impressão de ver nascer, suave ou fogosamente, diante dos nossos olhos. O toque é o sinal que não engana, seja no bronze, na argila, na pedra mesmo, na madeira, na textura ao mesmo tempo plástica e fluida da pintura. Mesmo entre os velhos mestres, cuja matéria é polida como a ágata, a pincelada anima as superfícies no paradoxo do infinitamente pequeno. E os discípulos de David que pretendiam ditar suas obras a executores dóceis não podiam anular integralmente a personalidade das mãos desses seus servidores. Suas epidermes polidas, seus panejamentos marmóreos, suas frias arquiteturas, capturadas na invernada do idealismo doutrinário, revelam variantes sob seu despojamento. Uma arte da qual essas variantes fossem totalmente banidas teria o brilho do inumano. Chegar a tanto não está ao alcance de qualquer um.

Um jovem pintor me mostra uma pequena paisagem bem composta, que tem aspecto de bloco sólido e que, em suas dimensões mínimas, não é despida de grandeza. Diz ele: "Não é verdade que já não se nota mais a mão?". Adivinho seu gosto pela coisa estável, sob um céu eterno, num tempo indeterminado, sua aversão à "maneira", aos excessos da mão em jogos barrocos, em floreios da pincelada, na profusão do empastamento; compreendo seu voto austero de se anular, de se afundar com modéstia numa grande sabedoria contemplativa, numa frugalidade ascética. Admiro essa juventude severa, essa renúncia tão

12 Começa aqui um longo trecho dedicado à obra de Katsushika Hokusai, artista que Focillon estudara em sua monografia *Hokousaï* (Paris: Félix Alcan, 1914); leia-se, em particular, o segundo capítulo, "Les Recherches de Hokousaï".

francesa. Não se deve querer agradar, multiplicar os prazeres da visão, há que se enrijecer para durar, para falar a língua robusta da inteligibilidade. Pois bem, a mão se faz igualmente sentir no esforço que faz para servir com circunspecção, com modéstia. Ela pesa junto ao chão, arredonda-se no cimo das árvores, faz-se diáfana no céu. O olho que acompanhou a forma das coisas e ponderou sua densidade relativa fazia o mesmo gesto que a mão. Era assim diante das paredes em que se elevam calmamente os velhos afrescos da Itália. É ainda assim, de um modo ou de outro, em nossas reconstruções geométricas do universo, nessas composições sem objeto, combinando objetos decompostos. Por vezes, como que por distração — tão grande é seu império mesmo na servidão —, a mão introduz uma tônica, uma nota sensível, e nos concede a recompensa de reencontrar o homem na árida magnificência do deserto. Quando se sabe que a qualidade de um tom, de um valor, não depende apenas da maneira como são feitos, mas também da maneira como são dispostos, a presença do deus quíntuplo se manifesta por toda parte. Tal é o futuro da mão, pelo menos até o dia em que se pintar à máquina, ao maçarico: então teremos chegado à cruel inércia do clichê, obtido por um olho sem mão, que fere nossa amizade no ato mesmo de solicitá-la, maravilha da luz, monstro passivo. Somos levados a pensar na arte de outro planeta, em que a música será um gráfico de sonoridades, em que a troca de ideias se fará sem palavras, por ondas. Mesmo quando representar multidões, teremos a imagem da solidão, uma vez que a mão já não intervirá mais para difundir o calor e o fluido da vida humana.

Se quisermos ir ao extremo oposto, que nosso pensamento se remeta a obras em que, mais que em outras, respiram a vida e a ação — os desenhos, que nos dão a alegria da plenitude com um mínimo de meios. Pouca matéria, e quase imponderável.[12]

"Quem pode se cansar de contemplar seus álbuns e os de seus contemporâneos, álbuns que eu bem gostaria de chamar *Diário da mão humana*?" — Katsushika Hokusai, páginas de *Transmitido pelos deuses*, "manual de desenhos de um só traço" (*ippitsu gafu*) publicado em Nagoya, em 1823; Londres, Victoria & Albert Museum.

Nenhum dos recursos de preparação, velatura e empastamento, nenhuma das ricas variações do pincel que conferem à pintura o brilho, a profundidade e o movimento. Um traço, uma mancha sobre a aridez da folha em branco, devorada de luz: sem se comprazer com artifícios técnicos, sem se deter numa alquimia complicada, é como se o espírito falasse ao espírito. E, contudo, todo o peso generoso do ser humano está lá, todo seu impulso vivaz, com o poder mágico da mão que mais nada, doravante, vem entravar ou retardar, mesmo quando ela procede lentamente, ciosa de estudo. Qualquer instrumento serve para escrever seus signos, ela os fabrica de aspecto estranho ou ousado, toma-os de empréstimo à natureza — uma lasca de madeira, uma pena de pássaro. Hokusai desenhava com uma casca de ovo, com a ponta do dedo, procurando incessantemente novas variedades de forma e novas variedades de vida. Quem pode se cansar de contemplar seus álbuns e os de seus contemporâneos, álbuns que eu bem gostaria de chamar *Diário da mão humana*? Neles, nós vemos a mão mover-se com uma rapidez nervosa, com uma surpreendente economia de gestos. O traço brusco que ela deposita sobre essa delicada superfície — papel feito de restos de seda, de aparência tão frágil e, contudo, quase impossível de rasgar —, o ponto, a mancha, a pincelada e os longos traços contínuos que exprimem tão bem a curva de uma planta, a curva de um corpo, os pontos de pressão esmagadora em que formiga a espessura da sombra, tudo traz até nós as delícias deste mundo e ainda alguma coisa que não é deste mundo, mas do próprio homem, uma feitiçaria natural que não se deixa comparar a nada mais. A mão parece saltar em liberdade e deleitar-se com a própria destreza: explora com segurança inaudita os recursos de uma longa ciência, mas explora também esse elemento imprevisível que está além do campo do espírito — o acidente.

13 O autor provavelmente alude a seu livro *L'Art bouddhique* (Paris: Henri Laurens, 1921).

14 A fonte de Focillon é, com razoável segurança, a *História natural* de Plínio, o Velho, onde a anedota a respeito da intervenção do acaso (*casus*, *fortuna*) na pintura é narrada em duas versões, protagonizadas por dois artistas distintos, Protógenes e Nealces (*Historia natural*, XXXV, 102-104). Ao realizar uma pintura para o Templo da Paz em Roma, Protógenes teria pintado com perfeição a espuma na boca de um cão ofegante; julgando, porém, que essa mesma perfeição deixava evidente a destreza do pintor e desejando para sua arte "a verdade, não apenas a verossimilhança", Protógenes teria esfregado as camadas de tinta e lançado mão de pincéis distintos, em vão; desesperando, "lançou uma esponja contra a tela no lugar tão detestado", criando assim, por obra do acaso, o efeito desejado. O mesmo teria acontecido a Nealces ao pintar um cavalo espumando pela boca, como recorda Focillon. Mas o tema figura também em outros autores antigos, como em Sexto Empírico (*Hipotiposes pirrônicas*, I, 28) e Dião Crisóstomo (discurso 63,7, "Sobre a fortuna"), que põem em cena não Protógenes, mas seu contemporâneo Apeles às voltas com a pintura de um cavalo de combate; ou ainda em Plutarco (*Moralia*, 99B) e Valério Máximo (*Facta et dicta memorabilia*, VIII, 11, ext. 7), que não nomeiam nenhum pintor em particular.

Há uns bons anos, quando estudava as pinturas da Ásia,[13] eu me propunha escrever um *Tratado do acidente*, que certamente jamais redigirei. Quanto sentido não faz a velha fábula do artista grego que, desesperando-se, arremessa uma esponja carregada de tinta à imagem de uma cabeça de cavalo espumando pela boca, que em vão tentava representar![14] Não apenas ela nos ensina que é no momento em que tudo parece perdido que tudo pode ser salvo, e apesar de nós mesmos, como também nos faz refletir sobre os recursos do acaso. Estamos aqui nos antípodas do automatismo e do mecanicismo, e não menos distantes das habilidosas providências da razão. No funcionamento de uma máquina em que tudo se repete, tudo se encadeia, o acidente é uma negação explosiva. Para a mão de Hokusai, o acidente é uma forma desconhecida de vida, um encontro entre certas forças obscuras e um desígnio clarividente. Por vezes, pode-se dizer que Hokusai o provoca, com um dedo impaciente, para ver o que acontece. Mas isso porque ele é de um país em que, longe de se dissimularem as fissuras de uma peça de cerâmica quebrada por meio de uma restauração ilusionista, sublinham-se com um filete de ouro seus elegantes percursos. O artista recebe com gratidão essa dádiva do acaso e a põe respeitosamente em evidência. É uma dádiva que lhe vem dos deuses, e o mesmo vale para os acasos de sua própria mão. Apodera-se deles com presteza, para daí fazer surgir algum sonho novo. O artista é como um prestidigitador (adoro esta palavra longa e velha) que tira partido de seus erros, de seus deslizes, e os transforma em proezas — e nunca é tão gracioso como quando transforma o desastre em destreza. O excesso de tinta, que foge caprichosamente em finos riachos negros, o passeio de um inseto sobre um esboço ainda fresco, o traço desviado por um solavanco, a gota d'água que dilui um

15 A anedota já comparecia no livro de Edmond de Goncourt, *Hokousaï* (Paris: Charpentier, 1896), que Focillon sabidamente leu. No já citado livro de 1914 (às páginas 76 e 77), Focillon revisitava esse episódio que lhe parecia capturar o teor dos embates entre a pintura tradicional, erudita, e a escola dita "vulgar", que em geral se associa ao gênero da "pintura do mundo flutuante" ou *ukiyo-e*: "Terá sido sua pintura do *dharma* de 1804 [ocasião em que o artista teria pintado em um único dia, 23 de maio de 1804, uma imagem monumental de Kanzeon, o *bodhisattva* da compaixão] ou sua reputação anterior que valeu a Hokusai ser recebido pelo xógum Ienari [Tokugawa]? Não se sabe. Mas o fato é que, em dezembro de 1806, o príncipe promoveu uma espécie de concurso em sua presença, opondo [Tani] Bunchō, o célebre representante da escola chinesa, e Hokusai. O artista cobriu um dos painéis de papel do salão com ondas sinuosas de azul e em seguida, lançando mão de um galo com as patas tingidas de vermelho, deixou-o passear sobre seu desenho. Então todos reconheceram as águas do rio Tatsuta carregando as folhas púrpuras de bordo, e Ienari, encantado, deixando de lado a caçada à cegonha para a qual pouco antes se aprestava a partir, cobriu Hokusai de grandes honrarias. Essa teria sido a primeira vez que um homem do povo era recebido diante do xógum. A anedota fixa aproximadamente a época em que o mestre chegou ao ápice de sua reputação como pintor da escola vulgar". Vale notar que o referido "painel de papel" é um *shoji*, um painel deslizante que divide ambientes na arquitetura tradicional japonesa.

contorno, tudo isso é a irrupção do inesperado num universo em que ele deve ter seu lugar, onde tudo parece se mover para acolhê-lo. Trata-se de capturá-lo no ar e dele extrair todos os seus poderes ocultos. Malditos sejam o gesto lento, os dedos dormidos! Todavia, é assim que a mancha involuntária, com seu esgar enigmático, penetra no mundo da vontade. Ela é meteoro, raiz retorcida pelo tempo, rosto inumano, ela instala a nota decisiva onde esta era necessária e onde ninguém a procurava.

E, contudo, uma história que sem dúvida tem teor de verdade — em se tratando da vida de um homem assim — conta que, certa vez, Hokusai tentou pintar sem as mãos. Diz-se que, um dia, diante do xógum, tendo desdobrado no chão um rolo de papel, deitou por cima um pote de tinta azul; depois, molhando as patas de um galo num pote de tinta vermelha, ele o pôs a correr por cima da pintura, sobre a qual a ave deixou suas pegadas; e então todos reconheceram as águas do rio Tatsuta, levando as folhas de bordo que o outono tornara vermelhas. Feitiçaria encantadora, em que a natureza parece se esforçar sozinha por reproduzir a natureza. O azul que se espalha corre por filetes divididos, como uma onda de verdade, e a pata da ave, com seus elementos separados e unidos, é semelhante à estrutura da folha. Seu passo que mal pesa deixa vestígios desiguais em força e pureza, e sua andadura respeita, com as nuanças da vida, os intervalos que separam os frágeis despojos levados pelas águas rápidas. Que mão poderia traduzir o que há de regular e de irregular, de acidental e de lógico nessa sequência de coisas quase sem peso, mas não sem forma, descendo um rio de montanha? A mão de Hokusai, precisamente. E foram as lembranças de longas experiências de suas mãos com os diversos modos de sugerir a vida que levaram o mago a tentar mais essa. Suas mãos estão presentes sem se mostrar e, não tocando nada, guiam tudo.[15]

"[...] e então todos reconheceram as águas do rio Tatsuta, levando as folhas de bordo que o outono tornara vermelhas." Se o resultado da *performance* de Hokusai em 1806 não chegou até nós, o tema ressurge em uma gravura posterior, inspirada por um poema do sécuo IX. — Katsushika Hokusai, *Um poema de Ariwara no Narihira*, 1839; Nova York, Metropolitan Museum of Art.

Mestre do *ukiyo-e* ("desenhos do mundo flutuante"), Hiroshige produziu seu próprio "elogio da mão" com esta gravura, parte de uma série de *kage-e* ("desenhos de sombras"). — Utagawa Hiroshige, *Oito figuras de sombras*, 1842; Minneapolis, Minneapolis Institute of Art [página ao lado].

唐人
兎

"A pena que se quebra e goteja, a ponta da madeira embotada, o pincel desgrenhado trabalham em mundos turvos, a esponja libera luzes úmidas, traços de aguada que constelam o espaço." — Victor Hugo, *Recordação de um castelo nos Vosges*, 1857; Nova York, Metropolitan Museum of Art.

Esse concurso do acidente, do estudo e da destreza é frequente nos mestres que conservaram o sentido do risco e a arte de discernir o insólito nas aparências mais corriqueiras. A família dos visionários oferece mais de um exemplo. É de se pensar que as visões se apoderam deles de um só golpe, de maneira total, com despotismo, e que eles as transferem tais e quais para uma matéria qualquer, com a mão guiada de fora, como esses artistas espíritas que desenham às avessas. Nada de mais discutível, quando se examina um dos maiores, Victor Hugo. Nenhum espírito mais rico de espetáculos interiores, de contrastes exuberantes, de irrupções verbais que pintam o objeto com uma precisão que cativa. Nós o julgaríamos (e ele se julga) inspirado como um mago, habitado por presenças impacientes por se converter em aparições, todas elas já prontas, já plásticas, num universo ao mesmo tempo sólido e convulsivo. Pois bem, Victor Hugo é o próprio tipo do homem dotado de mãos e que delas se serve não para operar milagres de cura ou propagar ondas, mas para atacar a matéria e trabalhá-la. Essa paixão, ele a leva ao coração de alguns de seus estranhos romances, como *Os trabalhadores do mar*, no qual respira, ao lado da poesia da luta contra as forças elementares, a insaciável curiosidade quanto à fábrica das coisas, ao manejo das ferramentas, seus recursos, seu comportamento, seus nomes arcaicos e desconcertantes. Livro escrito com mão de marinheiro, de carpinteiro e de ferreiro, que toma posse, rudemente, da forma do objeto e que o molda no mesmo ato de se moldar a ele. Tudo aí pesa com todo seu peso, mesmo as ondas, mesmo o vento. E é justamente porque essa sensibilidade extraordinária mediu-se com a dureza das coisas, com a renitência da inércia, que ela é tão receptiva à epopeia dos fluidos, aos dramas da luz, e que ela os pintou com uma potência quase maciça. É sempre o mesmo homem que, em Guernesey,

15 À mesma época em que publicava seu estudo sobre Hokusai, Focillon dedicara um ensaio importante a "Les Dessins de Victor Hugo", publicado no *Bulletin de la Société des amis de l'Université de Dijon*, março-abril de 1914, posteriormente incluído em sua coletânea *Technique et sentiment. Études sur l'art moderne* (Paris: Laurens, 1919) e em Victor Hugo, *Dessins* (Paris: Gallimard, 1985). Já se lê ali (à página 204 desta última edição) a ideia central do trecho consagrado a Hugo no *Elogio*: "A fim de fixar essas imagens novas, a fim de voltar com mais força e beleza a seus sonhos de outrora, Hugo inventou uma matéria e certos instrumentos. Já se falou a respeito como se fossem provas de uma negligência genial, provas da onipotência com que um criador se ri dos artifícios e dos procedimentos. Mas é a essas insuficiências, a essas estranhezas, a esses *partis pris* bárbaros que a arte de Hugo deve suas qualidades expressivas e sua unidade. Hugo misturou café preto à tinta: é que o café confere à tonalidade um calor e uma generosidade excepcionais, ele a envelhece, ele a colore. O artista servia-se de plumas defeituosas: é que elas babam, é que elas traçam linhas caprichosas e determinam esses acidentes que emprestam ao desenho as formas de uma vida pitoresca e sugestiva." O leitor notará a aparição do tema do *acidente*, que no *Elogio da mão* surge sobretudo a propósito da arte do Oriente e, em particular, de Hokusai.

16 Leitor constante e por vezes heterodoxo da Bíblia, William Blake colheu nela o tema de inúmeras gravuras, em especial a partir da virada do século XVIII para o XIX e com destaque para a série sobre episódios do Livro de Jó, que realizou nos anos imediatamente anteriores a sua morte, em 1827. Gavin Hamilton (1723-1798), mencionado a seguir, foi um pintor neoclássico escocês que viveu boa parte da vida na Itália, onde foi próximo de Piranesi e Canova; entre suas pinturas, que mereceram a admiração de Winckelmann, está um ciclo de seis cenas da *Ilíada*, pintado entre 1760 e 1775, que talvez ilustre bem a alusão de Focillon.

fabricava móveis e molduras, colecionava baús antigos e, não contente de fixar suas visões em versos, vertia o excesso em desenhos espantosos.

Temos o direito de nos perguntar se essas obras, que se situam ao termo de uma confusão interior, não são também e ao mesmo tempo um ponto de partida. Esses espíritos necessitam de balizas. Para surpreender a configuração do futuro, a adivinha precisa buscar os primeiros contornos nas manchas e nos meandros que a borra deixa no fundo de uma xícara. À medida que o acidente define sua forma nos acasos da matéria, à medida que a mão explora esse desastre, o espírito por sua vez desperta. Esse ordenamento de um mundo caótico arranca os efeitos mais surpreendentes de matérias à primeira vista pouco afeitas à arte e de ferramentas improvisadas, de restos, de dejetos que, gastos ou quebrados, oferecem recursos singulares. A pena que se quebra e goteja, a ponta da madeira embotada, o pincel desgrenhado trabalham em mundos turvos, a esponja libera luzes úmidas, traços de aguada que constelam o espaço. Essa alquimia não reproduz, como se pensa de hábito, o clichê de uma visão interior: ela constrói a visão, confere-lhe corpo, amplia-lhe as perspectivas. A mão não é a serva dócil do espírito, ela busca, dá tratos à bola, mete-se em todo tipo de aventura, tenta a sorte.[15]

É nesse ponto que um visionário como Hugo separa-se de um visionário como Blake.[16] Este é, também ele, grande poeta e homem da mão. Sua própria essência é operária. É um homem do esforço, um *craftsman* ou, antes, um artista da Idade Média que, por uma mutação brusca, surge na Inglaterra no umbral da era das máquinas. Não confia seus poemas ao impressor, ele os caligrafa e grava, ornando-os com floreios à maneira de um antigo pintor de iluminuras. Mas as visões encandeadas que o perseguem, sua Bíblia da Idade da Pedra, suas veneráveis an-

"É um homem do esforço, um *craftsman* ou, antes, um artista da Idade Média que, por uma mutação brusca, surge na Inglaterra no umbral da era das máquinas." Às vésperas do século XIX, Blake introduz um elemento metálico e geométrico (o compasso) no motivo tradicional da *manus Dei*. — William Blake, figura divina, provavelmente Urizen, no frontispício do livro *Europa: uma profecia*, 1794; Londres, British Museum.

tiguidades espirituais, ele as narra quase sempre por meio de uma forma já feita, no mau estilo de seu tempo: tristes atletas de rótulas e peitorais desenhados com esmero, máquinas pesadas, o Inferno à maneira de Gavin Hamilton e do ateliê de David. Um respeito popular ao belo ideal e à maneira aristocrática neutraliza seu idealismo profundo. Da mesma forma, os espíritas e os pintores de domingo reservam sempre toda deferência para o academicismo mais gasto. É de resto natural que assim seja: neles, a alma extermina o espírito e paralisa a mão.

Encontraremos nosso refúgio em Rembrandt. Sua história não é a de uma libertação progressiva? Sua mão, de início cativa do adorno barroco, dos festões e dos floreios e, mais tarde, da bela execução laqueada, acaba por conquistar, no crepúsculo da vida, não uma liberdade incondicional, não um virtuosismo a mais, mas a audácia necessária a novos riscos. Captura de um só golpe a forma, o tom e a luz; traz ao dia dos vivos os hóspedes eternos da sombra. Acumula os séculos no momentâneo do instante. No homem comum, desperta a grandeza do único. Confere a poesia da exceção aos objetos familiares, aos hábitos de todo dia. Extrai riquezas fabulosas das sujidades e das fadigas da pobreza. Como? Ela mergulha no coração da matéria para forçá-la a metamorfoses; parece submetê-la ao cozimento num forno, até que as chamas, correndo sobre essas planícies rochosas, ora calcinem, ora dourem. Não que o pintor multiplique os caprichos e as experiências. Ele bane as singularidades de fatura para prosseguir ousadamente em seu caminho. Mas a mão está presente. Não atua por passes magnéticos. O que ela dá à luz não é uma aparição chã no vazio do ar, é uma substância, um corpo, uma estrutura organizada.

A melhor contraprova disso, eu a encontrei observando as maravilhosas fotografias que um amigo de boa vontade teve a gentileza de me trazer de Suez! Há naquelas paragens um ho-

17 Focillon estudara alguns aspectos da obra do pintor holandês em seu *Rembrandt* (Paris: Plon, 1936). A pintura de Rembrandt é uma trama de "múltiplas relações entre o visível e o invisível", tão densa que, ao fim e ao cabo, "todas as coisas da natureza parecem sobrenaturais e toda evidência é aparição" (páginas 20-21); contudo, "esse soberano do mistério não é um artesão do imponderável, um sonhador de ficções sem corpo nem substância. Ninguém foi observador mais atento do que existe, ninguém jamais teve mão mais forte, mais firme ao tocar as coisas deste mundo e capturá-las" (página 30). Quanto à última década e meia de Rembrandt, Focillon antecipava a observação que faria no *Elogio da mão*: "E depois, à medida que sobe mais alto, ele deixa para trás as regiões do sucesso. Perde o que ama. Adentra com tristeza senhoril as paragens da solidão e da pobreza. Então, rico do que já não tem, Rembrandt está em plena posse de si mesmo. O anjo que dita o Evangelho a São Mateus vem lhe confiar os últimos segredos dos vivos e dos mortos. Rembrandt foge à bela fatura para despertar, com pinceladas diretas e pesadas, a vida na forma e o crepúsculo radioso da alma na calorosa imobilidade das figuras" (páginas 28-30).

mem habilidoso e sensível que faz posar, diante de sua objetiva, os velhos rabinos do lugar. A seu redor, dispõe a luz com a arte de um mestre, de tal modo que ela parece emanar deles, de sua meditação secular num gueto sombrio do Egito. A fronte inclinada sobre o Talmude todo aberto, o nariz de nobre curva oriental, a barba de patriarca, o manto sacerdotal de belas dobras, tudo neles evoca, tudo neles afirma Rembrandt. São bem os seus anciãos proféticos, vivendo fora do tempo, na miséria e no esplendor de Israel. Mas que mal-estar, todavia, toma conta de nós diante dessas imagens tão perfeitas! São como um Rembrandt esvaziado de Rembrandt.[17] Uma percepção pura, despojada de substância e de densidade, ou antes uma luminosa recordação óptica, fixada nessa memória cristalina que tudo retém — a câmara escura. A matéria, a mão, o homem estão ausentes. Esse vazio absoluto na totalidade da presença é uma coisa estranha. Talvez eu tenha diante dos olhos a amostra de uma poética futura — seja como for, ainda não tenho como povoar esse silêncio e esse deserto.

Mas, ao falar de mestres plenos de calor e de liberdade, não nos limitamos a um tipo, a uma família? Teremos banido de nossas reflexões, como artesãos de habilidade em tudo maquinal, aqueles que, com uma paciência delicada e infalível, despertaram em matérias seletas e sob formas refinadas os sonhos mais concentrados? A mão do gravador, do ourives, do laqueador, do pintor de iluminuras será apenas uma doméstica destra e dócil, votada à prática de trabalhos refinados? A perfeição seria pois uma virtude de escravo? No campo mais concentrado, segura de si mesma e de seus movimentos, essa mão que sujeita as enormidades do homem e do mundo às dimensões do microcosmo é um prodígio por direito próprio. Não é uma máquina de reduzir. O que lhe importa é menos o rigor de uma medida estreita e mais sua própria capacidade de ação e de verdade. Os carrosséis e as bata-

No "crepúsculo da vida", a mão de Rembrandt conquista "audácia necessária a novos riscos" e "mergulha no coração da matéria para forçá-la a metamorfoses", deixando para trás "as singularidades de fatura". — Rembrandt van Rijn, *São Bartolomeu*, 1661; Los Angeles, Getty Museum.

"Isolemos cada um desses personagens, este ou aquele navio, para examiná-los à lupa: não somente aparecem em toda a sua grandeza simples, sua aptidão para viver [...] mas também são autênticos, isto é, não se parecem com mais nada [...]." — Jacques Callot, *Ataque inglês à cidadela da ilha de Ré*, 1628-1631; *O porta-estandarte*, 1617; e *O camponês com a pá ao ombro*, 1617; Nova York, Metropolitan Museum of Art [página ao lado].

18 Focillon publicara pouco antes um belíssimo perfil do gravurista, "Jacques Callot ou le microcosme", na revista *L'Art et les artistes* (Paris), volume XXX, número 163, janeiro de 1936. Além de sublinhar "a obsessão do múltiplo e do todo" ou ainda a "desmedida" da "humanidade anã" das gravuras de Callot, Focillon comentava, a propósito de um retrato do artista: "Quanto a suas mãos, a seus dedos espatulados, de ponta esmagada pelo hábito de pesar sobre a matéria dura, são mãos que trabalham, genuínas mãos de gravurista, não de prelado da pintura, mãos de artesão fidalgo, *nobres servas*." O grifo é nosso, a fim de ressaltar o paralelismo com a imagem que se lê já no segundo parágrafo deste *Elogio*: "Serão servas? Talvez. Mas servas dotadas de uma índole enérgica e livre [...]."

lhas de Callot parecem, à primeira vista, lâminas de entomologia, migrações de insetos em paisagens subterrâneas. Em seu *O cerco de La Rochelle*, as fortalezas, os navios não parecem brinquedos? Numerosos, apinhados, precisos, completos em todos os detalhes, não parecem vistos pelo lado maior do binóculo, e a maravilha dessa coisa "feita à mão" não reside em se ter capturado e ordenado tudo na exiguidade de um teatro ao mesmo tempo minúsculo e imenso? Isolemos cada um desses personagens, este ou aquele navio, para examiná-los à lupa: não somente aparecem em toda a sua grandeza simples, sua aptidão para viver, sem nada perder de si mesmos, como no mundo de dimensões normais, mas também são autênticos, isto é, não se parecem com mais nada, levam a marca grafológica de Callot, o traço inimitável de sua elasticidade nervosa, de sua arte atenta à leveza dos funâmbulos e dos saltimbancos, de sua esgrima elegante, de seus golpes de arco dignos de um concerto real. Tudo revela a "bela mão", como se dizia outrora dos calígrafos, tudo é escrito com mão de mestre — mas essa mão, tão orgulhosamente hábil, permanece sempre amiga da vida, evocadora do movimento e, nos ritos da perfeição, conserva o sentido e a prática da liberdade.[18]

Debrucemo-nos sobre outro mundo encantado. Observemos longamente, sustando a respiração, o *Livro de horas de Étienne Chevalier*. Essas pequenas figuras absurdamente perfeitas teriam sido capturadas sob o gel de uma execução milagrosa, feita de pinceladas minúsculas, segundo regras de ateliê, por um homem dotado de excepcional acuidade visual? Longe disso, pois são uma das mais altas expressões daquele sentido monumental que é o traço característico da Idade Média francesa. Pode-se ampliá-las cem vezes sem que percam a força de seu ímpeto, a unidade fundamental. São semelhantes a estátuas de igreja, das quais são irmãs ou descendentes. A mão que as

Em um artigo de 1936 sobre Fouquet, Focillon declarava que "o afresco italiano" não contém "nada de mais monumental" que certas figuras dos *Funerais da Virgem*. — Jean Fouquet, *Os funerais da Virgem*, do *Livro de horas de Étienne Chevalier*, 1452-1460; Chantilly, Musée Condé.

Jean Fouquet, *Todos os santos e a Santíssima Trindade*, do *Livro de horas de Étienne Chevalier*, 1452-1460; Chantilly, Musée Condé.

19 Pouco anos antes do *Elogio da mão*, Focillon ocupara-se do *Livro de horas de Étienne Chevalier* em um ensaio sobre "Le Style monumental dans l'art de Jean Fouquet", publicado na *Gazette des beaux-arts* (tomo 1, 1936) e ensejado pela realização iminente da exposição *Primitifs français* (Musée de l'Orangerie, maio a outubro de 1937). Além de tentar estabelecer Fouquet como autor das iluminuras do célebre livro de horas, Focillon fazia dele um elo importante, no século XV, de uma tradição artística francesa marcada a fundo pela escultura monumental das igrejas medievais (que, de resto, já estudara em seu grande livro sobre *L'Art des sculpteurs romans*, de 1931). Fouquet é "herdeiro direto dos fabricantes de imagens que, do fim do século XII ao fim do século XV, esculpiram estátuas a fim de decorar a arquitetura de nossas igrejas", pois em sua obra pictórica a figura é "interpretada como um sólido no espaço" e dotada de uma "serenidade maciça" (páginas 24, 25 e 29), ao passo que a composição, a despeito dos elementos de perspectiva italiana, é muitas vezes tributária da disposição semicircular das figuras em um tímpano de igreja, como no caso da imagem dedicada à Trindade no *Livro de horas*; mesmo diminuta, a iluminura de Fouquet é "arte monumental, pois é a arquitetura que lhe define a composição e confere teor ao estilo" (páginas 27-28). Vale anotar que o argumento de Focillon espelhava simetricamente a hipótese de Émile Mâle sobre as origens da escultura românica francesa a partir da tradição dos manuscritos iluminados medievais, formulada no primeiro capítulo de *L'Art religieux du XIIe siècle en France. Études sur l'origine de l'iconographie du Moyen Age* (Paris: Armand Colin, 1922), muito embora Focillon tivesse tomado suas distâncias em seu magistral artigo "Apôtres et jongleurs. Études de mouvement", *Revue de l'art ancien et moderne*, LV, 1929.

20 Conto fantástico de sabor hoffmaniano e fundo fáustico, publicada originalmente sob o título de "La Main de gloire" em 1832. Às vésperas de um duelo, o protagonista, Eustache Bouteroue, recorre a mestre Gonin, personagem obscuro que lhe unta a mão direita com um filtro e lhe garante a vitória. Sob uma condição, porém: caso não seja pago em oito dias, tomará posse da mão de Bouteroue. Quando este tenta se furtar ao trato, as consequências não se fazem esperar.

traçou pertence a uma dinastia formada por séculos de estatuária. Dessa dinastia, ela conserva, por assim dizer, o caráter e a virtude até os mais ínfimos baixos-relevos, sombrios e dourados, pintados em *trompe-l'œil*, que por vezes acompanham as miniaturas e que, eles também, são tratados com uma largueza encantadora.[19] Assim, dois mundos se reúnem, como no espelho circular que Van Eyck suspendeu ao fundo do retrato do casal Arnolfini, o mundo dos vivos de alta estatura, construtores de catedrais, entalhadores de imagens, e o mundo do infinitamente pequeno. Aqui, a mão emprega o malho e o cinzel num bloco de pedra inclinado sobre cavaletes; ali, em um quadrado de pergaminho no qual instrumentos afilados trabalham as sutilezas mais preciosas do desenho. Não sei se ela se faz sentir ou se faz tudo por se fazer esquecer: mas a mão está lá, afirma-se na amarração dos membros, no traçado enérgico de um rosto, no perfil de uma cidade azulada pelo ar e mesmo nas hachuras de ouro que modelam a luz.

Nerval conta a história de uma mão amaldiçoada que, separada do corpo, corre o mundo para fazer das suas.[20] Não separo a mão nem do corpo nem do espírito. Mas, entre espírito e mão, as relações não são tão simples como as que se dão entre um patrão imperioso e um servidor dócil. O espírito faz a mão, a mão faz o espírito. O gesto que não cria, o gesto sem devir provoca e define o estado de consciência. O gesto que cria exerce uma ação contínua sobre a vida interior. A mão arranca o tato à passividade receptiva, organiza-o para a experiência e para a ação. Ela ensina o homem a possuir o espaço, o peso, a densidade, o número. Criando um universo inédito, deixa sua marca em toda parte. Mede-se com a matéria que ela metamorfoseia, com a forma que ela transfigura. Educadora do homem, a mão multiplica-o no espaço e no tempo.

# Hokusai em Nagoya, 1817

Dois artistas ocupam lugar de destaque em *Elogio da mão:* Rembrandt e Hokusai. O primeiro comparece ao início e ao fim, emoldurando o argumento. Ao segundo, no centro do texto, estão reservadas algumas das mais belas passagens do ensaio, que recupera ideias já expostas 25 anos antes no livro *Hokousaï* (Paris: Félix Alcan, 1914). No livro e no ensaio, dois episódios da vida do artista capturaram a atenção do historiador: a competição de pintura com Tani Bunchō diante do xógum Tokugawa, em 1806, e a efígie monumental do *bodhisattva* Kanzeon, realizada em Tóquio, em 1804.

Nenhuma das obras realizadas nesses acontecimentos públicos chegou até nós, e o mesmo vale para outra imagem de gênese semelhante, realizada em Nagoya, em 1817. Na tarde de 5 de outubro daquele ano, Hokusai e seus assistentes pintaram um busto de grandes dimensões de Bodhidarma ("Daruma", em versão nipônica), o monge semilendário que teria introduzido o budismo zen no Japão. Trabalharam sobre uma superfície de papel que supostamente media 120 tatamis (isto é, cerca de 200 metros quadrados), disposta ao ar livre em um pátio anexo ao templo Nishihongan. Ao fim do dia, a imagem foi içada e oferecida à admiração do público. A proeza valeu a Hokusai a alcunha local de "mestre do Daruma" (*Daruma-sensei* ou *Daru-sen*).

Tampouco essa obra sobreviveu, mas restaram vários testemunhos visuais da ocasião. O mais completo desses é obra do letrado e desenhista Kōriki Tanenobu (1756-1831), mais conhecido pelo pseudônimo de Enkōan, que fez uma crônica bastante minuciosa em seu livreto *Ilustrações detalhadas dos grandes desenhos de Hokusai*, publicado ainda no curso de 1817.

Por fim, a título de curiosidade: em 2017, no bicentenário do "Grande Daruma" de Nagoya, o museu Sumida Hokusai de Tóquio reencenou a *performance* histórica de 1817.

2–3

4–5

西掛所本堂の東北の方なる
集会所の前の庭上に席を
まうけ杉丸太を以て藩がきを
結びたる中に料紙をひろげ其紙の
下には麦藁をおきつ其紙の大さ
畳につもりて百廿畳を敷るれど
竪之巾十間横巾六間ありとぞ是は
合羽をつぎたるものゝ如し理桐
寺にておこなひつぎたる由なり扨集
会所の縁に添て杉丸太を立
足代のごとくして西方の縁より丸太
の所に小車を仕かけ料紙の上に於る
軸をつけるに細引の端をつけて
画出来するにしたがひ上つりあらん其
画けるところの筆は藁一把ほどなるを
画書として墨をからを二つりけるし
するとき手桶を用代銭あるべきよ
これを見物の者べきまをとらざるは
桜間笛を引ひ致次を
本は偽とぞらしうる藤
みつぞうかもよせかる様の
せきあげる所野堂にすすむ許
みてすらうたかう前にいへるよう

6–7

此頃ごろより画くものは門弟の人々一夜半と
ともにいづまでと絹帯をうけ衣類の裾をまくりとりまり
袖紙をとりあげる西の方に墨を桶に入るるを解て
青銅の茶碗盤にかしづてうつし小判をとして
門人之是をとりよせおき一筆書きていふ
墨入るる桶より盤のなかへ墨をうつせり
先薬一把程ただのする筆にて
鼠を手習次に右の眼左の眼
それよりは耳あたまを
画き物のあらましまで
出来せしなれそれより
蕎麦がらを一かけずしする
をもちて毛筆として
同代鬚なんどは
これをもて筆也

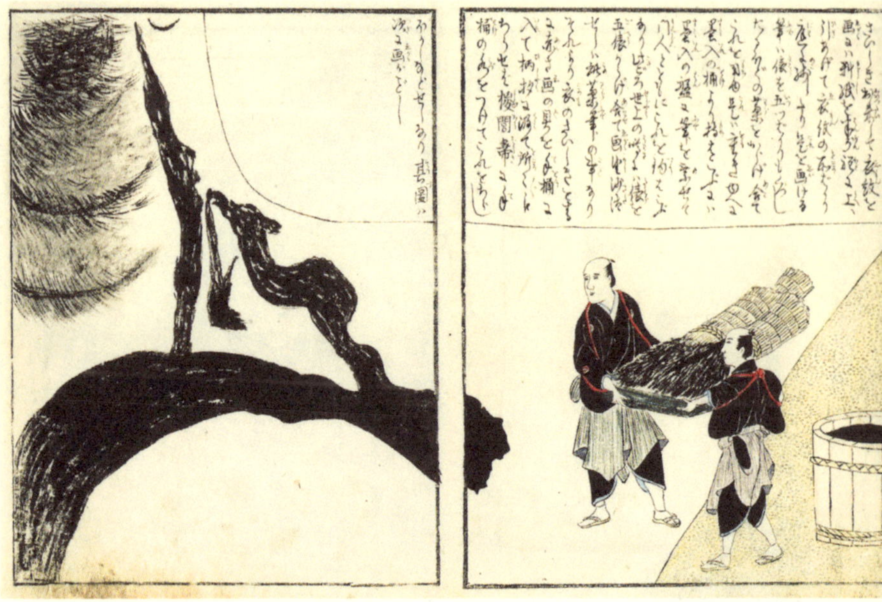

8–9

10–11

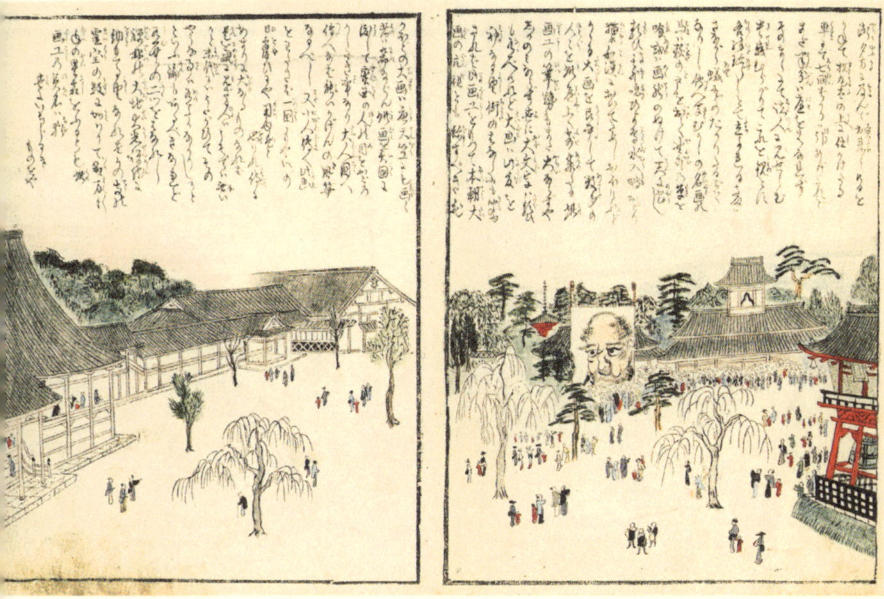

12–13

Nos dias anteriores ao evento, anúncios são espalhados nas livrarias de Nagoya [1]. Durante a manhã, os curiosos vão chegando ao pátio junto ao templo Nishihongan. À direita, pode-se ver as *yatai*, banquinhas de comida já à espera dos clientes [2–3]. À tarde, Hokusai e seus assistentes põem mãos à obra diante do público reunido [4–5]. Hokusai, representado à esquerda, começa a pintar, secundado por um auxiliar que carrega a tinta preta [6–7]. Os assistentes fazem o acabamento, aplicam a tinta escarlate e limpam a superfície de papel [8–11]. Ao fim da tarde, a efígie é içada e oferecida à contemplação do público [12–15].

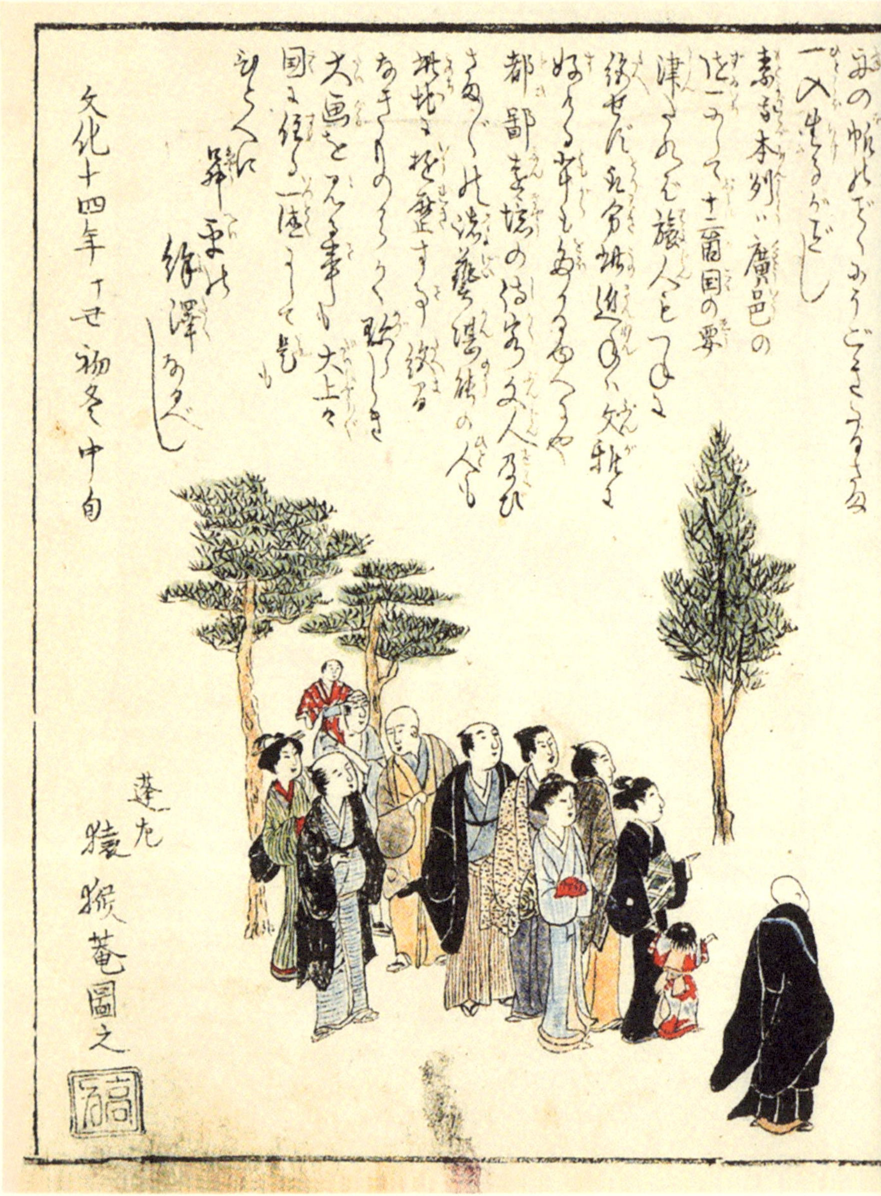


14–15

文化十四丁丑十月五日
東都画狂人
北斎戴斗席上

## Posfácio

Samuel Titan Jr.

Alguns autores sofrem às mãos de suas criaturas mais célebres, que os empurram para uma zona de sombra e os reduzem a mero nome próprio numa folha de rosto. É o caso de Henri Focillon, o historiador da arte que, tendo publicado *Vida das formas*, talvez não evoque muito mais coisa para o leitor do século XXI. É uma pena, pois a vida e a obra de Focillon trazem a marca de uma personalidade e de uma reflexão que não se esgotam em dois ou três minutos de atenção superficial.

Nascido em Dijon, em 1881, Focillon cresceu num meio artístico. O pai, gravurista, frequentava Vuillard e Rodin. Praticante do desenho e da gravura, o jovem Focillon nunca se distanciou por inteiro do trato direto com os materiais e os instrumentos da arte. Essa exposição precoce a uma experiência estética muito rica possivelmente esteve na origem dos muitos interesses que Focillon cultivou em sua carreira universitária. Depois de estudar na École Normale Supérieure de Paris e travar contato com o socialismo de Jean Jaurès, lecionou nos liceus de Bourges e Chartres antes de se mudar para Lyon, onde foi professor de história moderna na universidade e diretor do Museu de Belas-Artes. Ao longo de seus anos lioneses, preparou uma tese sobre Piranesi, defendida em Paris, em 1918, enquanto escrevia ensaios e monografias sobre muitos outros temas — como um

Henri Manuel, retrato de Henri Focillon, *circa* 1930; Paris, biblioteca do Institut national d'histoire de l'art (INHA), coleção Jacques Doucet.

estudo monográfico sobre Hokusai, publicado em 1914. Chamado em 1924 a ocupar na Sorbonne a cátedra de arqueologia medieval, sucedendo a Émile Mâle, publicou um estudo de fôlego sobre *A arte dos escultores românicos* (1931), verdadeiro "campo de provas" para suas ideias sobre a noção de forma. Ao mesmo tempo, seguia publicando ensaios soltos e obras de síntese como *A arte do Ocidente — Idade Média românica e gótica* (1938). Seu nome ganhou curso mais amplo a partir de 1934, com o livro *Vida das formas*, em que tentava sistematizar suas ideias sobre o tempo, o espaço e a forma no âmbito da história da arte. Em 1938, assumiu cátedras no Collège de France e na Universidade Yale — encontrava-se justamente em New Haven quando da ocupação nazista da França. Focillon lecionou ali até sua morte, em 1943. Professor inspirado, foi figura decisiva para muitos de seus alunos dos dois lados do Atlântico, a exemplo de André Chastel, Jurgis Baltrušaitis e George Kubler.

Publicado em 1939, este *Elogio da mão* é pontilhado de índices dos muitos interesses e faculdades de seu autor. Texto de prosa vivíssima, pode bem servir de ponto de partida para a leitura da obra de Focillon assinou. Com uma condição, porém: que não se perca de vista que o *Elogio* é bem mais que um texto introdutório — e muito menos um mero exercício nesse velho gênero retórico que é o elogio, o encômio. Redigido cinco anos depois de *Vida das formas* — e habitualmente publicado, sem maiores explicações, como apêndice deste —, o ensaio não se limita a estender ou aprofundar algumas ideias do livro, e volta e meia ganha voo próprio.

Um exemplo: como se sabe, um dos pontos de apoio de *Vida das formas* é a autonomia da forma artística, que Focillon foi colher na noção de "visualidade pura" de autores como Fiedler e Hildebrand, Wölfflin e Berenson, e que está igualmente na raiz de quase toda estética de extração fenomenológica. No caso de Focillon, essa vertente formalista desemboca em aforismos como "o conteúdo fundamental da forma é um conteúdo *formal*".[1] Ora, o Focillon de *Elogio da mão* começa a dar mostras de insatisfação com esse paradigma puramente visual ("superfície, volume, densidade e peso não são fenômenos ópticos"), e é desse ponto de vista que ele revisita com mais ênfase a noção de *pensée ouvrière*, apenas esboçada no livro de 1934. Se a forma só existe no espaço, então é preciso mais que o olhar para captá-la, são necessárias as mãos para que se produza uma "experiência do universo" capaz de "solicitar" ou "arrastar" o espírito e fazê-lo travar contato com o peso das coisas. Ou, numa fórmula que se antecipa à obra tardia de Merleau-Ponty, quando este toma distância da fenomenologia: "A posse do mundo exige uma espécie de faro tátil. A visão desliza pelo universo." (Comparem-se, para fins de contraste, as linhas iniciais do *Elogio da mão* à abertura do ensaio de Sartre sobre *A imaginação*, publicado em 1936: "Vejo esta folha branca sobre minha mesa; percebo sua forma, sua cor, sua posição.")

1 *En passant*, e sempre em território formalista, note-se que por vezes *Vida das formas* ensaia caminhos análogos aos que levariam Roman Jakobson às noções de dominante (1935) e, mais tarde, de função poética; leia-se, por exemplo, no primeiro capítulo: "O signo significa, ao passo que a forma *se* significa. E, a partir do momento em que o signo adquire um valor formal eminente, esse valor age com força sobre o valor do signo como tal, pode esvaziá-lo ou desviá-lo, pode dirigi-lo rumo a uma vida nova". Sempre nessa direção, vale igualmente notar que o programa que *Vida das formas* traça para a história da arte guarda analogias com a noção de "evolução literária" de outro formalista russo, Iúri Tyniánov.

Assim, no *Elogio*, a mão torna-se órgão privilegiado da experiência do mundo e da prática das artes. O livro de 1934 já afirmava que o essencial da forma artística não se deixa reduzir por inteiro a um diagrama abstrato, assim como a metamorfose formal não é apenas o desdobramento no tempo de um esquema lógico prévio: as obras de arte contêm sempre um elemento densamente experimental, tanto no sentido do *trial and error*, como também no sentido de uma familiaridade técnica com a matéria, suas contingências e possibilidades. O ensaio sobre a mão sublinha o ponto com mais força, ao devolver o artista ao convívio dos artesãos e artífices e ao fazer daquele o tipo consumado destes: o trabalho manual do artista que cria formas surge como forma por excelência do trabalho humano em geral. Dessa perspectiva, o artista rememora em ato o passado de todo o gênero humano ao "recomeçar todas as experiências primitivas" de descoberta do mundo. O artista é "um homem antigo", por cujas mãos "recomeça, perpetuamente, um formidável outrora".

Ora, em 1934, no último capítulo de *Vida das formas*, Focillon apontava para a coincidência, para o cruzamento, na história da arte, de "sobrevivências e antecipações"; cada momento da história da arte evidencia o entrelaçamento de "comprimentos de onda" distintos. A imagem do artista como "homem antigo" dá expressão veemente a essa ordem de ideias sobre um retorno periódico e obstinado ao passado da humanidade e propõe (mais) uma tarefa à história da arte: além da sucessão dos estilos, de suas metamorfoses internas, de seus vínculos com a vida social e assim por diante, é ainda preciso dar conta dessa temporalidade subterrânea e essencial, feita de eterno recomeço, dessa perpétua reinvenção de formas que é sempre reinvenção de matérias. Sobrevivências, antecipações, irrupções, recomeços: a gama de categorias temporais que Focillon mobiliza na *Vida das formas* e sobretudo no *Elogio da mão* torce o pescoço de todo desenho exclusivamente linear que se queira impor à história da arte. Numa anotação de maio de 1940, inspirada por uma visita ao Grand Canyon, Focillon escreveu: "Nada se perde. O Canyon. Presença de todos os passados".[2] Como não pensar na obra de Aby Warburg e seu desafio constante à linearidade historiográfica? Ressalvadas as muitas nuanças ou mesmo diferenças, as "sobrevivências" e os "recomeços" de Focillon não estão assim tão longe da *Nachleben* warburguiana — e tampouco é de surpreender, em se tratando de subversão do linear, que Focillon estivesse entre as leituras de Walter Benjamin quando este trabalhava em suas "Teses sobre o conceito de história".[3]

2 A nota é tirada de um manuscrito inédito, "Connaissance du passé", citado por Annamaria Ducci em seu excelente *Henri Focillon en son temps. La liberté des formes* (Estrasburgo: Presses Universitaires de Strasbourg, 2021), página 373. É difícil não pensar nas páginas de *Tristes trópicos* (precisamente no capítulo "Comment on devient ethnographe") em que Lévi-Strauss recorda seu fascínio juvenil pela geologia, essa ciência que, ao permitir ver como "a diversidade viva do instante justapõe e perpetua as eras", propicia ao observador "a própria imagem do conhecimento"; quando leu Freud, o jovem Lévi-Strauss julgou encontrar ali a aplicação "ao homem individual de um método" moldado sobre o "cânone" da geologia.

3 Décadas mais tarde, por intermédio de George Kubler, também Siegfried Kracauer colheria inspiração em Focillon para seu ensaio "Ahasver oder das Rätsel der Zeit" ("Ahasverus ou o enigma do tempo"), publicado em versões distintas em 1963 e 1966 e destinado a constituir o capítulo sexto do livro inacabado do autor, *History — The Last Things Before the Last*, lançado postumamente em 1969. Do próprio Kubler, aluno de Focillon em Yale, leia-se o admirável *The Shape of Time. Remarks on the History of Things*, de 1962.

Por fim, vale lembrar que algo no *Elogio* tem sabor de elegia. Focillon escreveu-o justamente quando a mão começava a ter seu lugar contestado pela possibilidade de uma arte mecânica independente do toque, do contato entre mão e mundo — fenômeno que Benjamin estudava naquela mesma altura do século em seu ensaio sobre *A obra de arte na era de sua reprodutibilidade técnica*. Focillon desconfiou da ascensão da fotografia e do cinema — releiam-se as últimas páginas do ensaio, em que se fala da fotografia como "percepção pura, despojada de substância e de densidade", de seu paradoxo constitutivo ("vazio absoluto na totalidade da presença"). E não é difícil imaginar a reação de Focillon diante da atual onipresença da noção de imagem — desancorada de materialidade — nas artes e na crítica, prévia ao iminente dilúvio de imagens geradas por tecnologia digital. Seria cômodo ver nessa desconfiança um certo gosto passadista pelo artesanato. Mas também seria uma pena deixar passar a ocasião de refletir, com ou contra um prosador tão vigoroso, sobre a desmaterialização da arte e da cultura que, já sensível em 1934 e em pleno curso agora, ameaça alterar profundamente os quadros de nossa experiência do mundo — pois é isso, afinal, que está em jogo.

*

O *Elogio da mão* foi publicado originalmente como apêndice à segunda edição de *Vida das formas* (Paris: Leroux, 1939).[4] Sabemos que o texto estava pronto meses antes, pois Focillon

4 Para esta tradução, servimo-nos de duas edições: *Vie des formes, suivi d'Éloge de la main* (Paris: Presses Universitaires de France, 2007) e *Éloge de la main*, edição anotada por Raphaël Deuff (Paris: Sambuc, 2019).

Samedi 29 Avril 1939

# LES NOUVELLES LITTÉRAIRES

ARTISTIQUES ET SCIENTIFIQUES

146, RUE MONTMARTRE (2e)

LAROUSSE - PARIS

## L'HOMME et ses MAINS

par Henri FOCILLON

## La Muse de l'Elégie

par Jean CASSOU

## Jean-Jacques BROUSSON sur la Côte d'Azur

## Itinéraire sentimental de Jeanne d'Arc à Mérimée

## LE PORTUGAL et la « Capitale de l'Esprit »

Luc DURTAIN

Henri Focillon, "L'Homme et ses mains", *Les Nouvelles littéraires*, 29 de abril de 1939.

publicou um extrato adaptado do *Elogio* sob o título "L'Homme et ses mains" da revista semanal *Les Nouvelles littéraires*, em seu número de 29 de abril de 1939. Não há ali nenhuma menção à sua futura publicação em anexo a um livro do autor. Esse silêncio, somado à completa ausência de remissões diretas a *Vida das formas* no texto publicado em livro, sugere que *Elogio das mãos* não foi concebido como apêndice, mas como texto autônomo ou talvez como parte de outro projeto, não realizado: um discípulo, Louis Grodecki, aludiria mais tarde a um projeto de "ensaio autobiográfico" em que entraria o *Elogio*.

Em seus dois estados originais — na revista e no livro de 1939 —, o texto do *Elogio* não é acompanhado de nenhuma nota. Todas as notas nesta edição brasileira são de nossa autoria. Foram redigidas com duplo propósito. Em primeiro lugar, explicitar referências visuais ou textuais que talvez sejam menos imediatas para o leitor de hoje. Em segundo lugar, quisemos evidenciar a que ponto o *Elogio da mão*, longe de ser uma bagatela ou texto de circunstância, é fruto de um longo convívio com certas obras e autores — e de uma funda reflexão sobre os mesmos. Esse efeito de decantação fica mais patente quando nos damos conta de que muitas das observações no *Elogio* provêm de textos anteriores, ora mais recentes (como no caso de Gauguin, Callot, Fouquet ou as pinturas murais da abadia de Saint-Savin), ora mais antigos (como no caso de Victor Hugo e Hokusai, estudados por Focillon já na década de 1910). Vale insistir que não se trata de uma colagem apressada: o *Elogio* pede para ser lido como palimpsesto ou, para seguir adiante com o modelo geológico mencionado acima, como decantação, sedimentação de muitas camadas de experiência.

A seleção de ilustrações é também de nossa responsabilidade. Se o artigo em *Les Nouvelles littéraires* vinha acompanhado de um clichê da *Mão de Deus*, de Rodin, a primeira publicação integral, em apêndice a *Vida das formas*, não incluía nenhuma imagem. A seleção obedeceu, mais uma vez, a um propósito duplo. De um lado, permitir que o leitor comparasse sem grandes interrupções o comentário de Focillon e a obra citada, especialmente no caso de referências menos óbvias. De outro, ilustrar com mais liberdade algumas poucas passagens, lançando mão até mesmo de obras posteriores ao *Elogio* (como no caso de Moreno Villa, Chillida ou Serra), a fim de sugerir a ressonância das ideias de Focillon além de seu contexto imediato de redação. Por fim, cumpre notar que o apêndice com imagens da *performance* de Hokusai em Nagoya é fruto de um acidente feliz, a saber, a publicação dos desenhos de Kōriki Tanenobu em um catálogo recente.[5]

5 Vários autores, *Hokusai the Performer: Electrifying Edo and Nagoya. Bicentennial of the Freat Bodhidarma* (Tóquio: Sumida Hokusai Museum, 2017).

Nossos agradecimentos a Gonzalo Aguilar, Maria Aguilera Franklin de Matos, Ana Carolina Aquaroli, Manuel Borrás, Julie Brunet, Raphael França, Pedro Guerreiro, Henrique Eike Higa, Jacques Leenhardt, Mauricio Maillé, Mariana Marchesi, Patrick Straumann e Márcio Suzuki.

Uma primeira versão desta tradução foi publicada no número 5 da revista *serrote* (2010).

**Tradução, notas e posfácio** Samuel Titan Jr.
**Preparação** Rafaela Biff Cera
**Revisão** Giselle Lazzari, João Cândido Cartocci Maia
**Projeto gráfico** Bloco Gráfico
**Assistência de design** Lívia Takemura

 A grafia foi atualizada segundo o Acordo Ortográfico da Língua Portuguesa de 1990, que entrou em vigor no Brasil em 2009.

CIP – Brasil. Catalogação na Fonte
(Sindicato Nacional dos Editores de Livros, RJ, Brasil)

---

Focillon, Henri, 1881-1943
Elogio da mão / Henri Focillon
tradução, notas e posfácio de Samuel Titan Jr.
São Paulo: Editora 34, 2025
(1ª Edição).
96 pp.

ISBN 978-65-5525-256-9

Tradução de: *Éloge de la main*

---

1. Ensaio francês. 2. História e filosofia da arte
I. Titan Jr., Samuel. II. Título.

---

CDD 844

**Editora 34 Ltda.**
Rua Hungria, 592 – Jardim Europa
São Paulo – SP – Brasil
CEP 01455-000
Tel (11) 3811-6777
www.editora34.com.br

Este livro foi composto em Chassi
e impresso em papel Pólen Bold 90 g/m²
na gráfica Ipsis para a Editora 34
em outubro de 2025.